# 狙って追放された創聖魔法使いは異世界を謳歌する

・Author・
マーラッシュ

・Illustration・
匈歌ハトリ

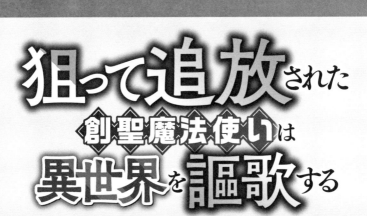

主な登場人物
リック
本作の主人公。勇者パーティーの元一員。勇者に囮にされて死にかけた時に女神と出会い、前世を思い出す。転生特典として創聖魔法が使える。
ルナ
月《つき》の雫《しずく》商会の商会長。街の代表選挙に立候補したことで、ライバルから命を狙われる。

エグゼルト
グランドダイン帝国の皇帝。厳格な性格で、皆から恐れられている。
ハインツ
グランドダイン帝国の第二皇子にして勇者。リックをパーティーから追放した。
サーシャ
勇者パーティーの精霊魔法使い。公爵令嬢で、リックの幼馴染みでもある。エミリアとは犬猿の仲。
エミリア
ドSな公爵令嬢。リックの元婚約者で、彼に執着している。サーシャと仲が悪い。

# 序章　狙って勇者パーティーから追放される

ここは異世界エールドラド。

その中の国家の一つである、グランドダイン帝国の首都、シュバルツバインにて。

俺の名前はリック・フォン・ニューフィールド。グランドダイン帝国の子爵家の次男だ。

だが悠長《ゆうちょう》に自己紹介をしている暇はない。

何故なら今俺は、目の前の四人に糾弾《きゅうだん》されているからだ。

「リック……お前を勇者パーティーから追放する」

「えっ？」

勇者であるハインツの突然の言葉に、俺はうろたえる。

「な、なんで……俺はハインツ皇子の父上である、皇帝陛下の命令でこのパーティーにいるんだぞ」

ハインツはやれやれといった顔で、ため息をつく。

「はっ！　そんなの決まってるだろ！　お前が使えない奴だからだ！　補助魔法《ほじょまほう》だかなんだか知らないが、俺達の役に立ってないだろ？」

「そ、そんなことはない……身体能力を高めたり、攻撃を防ぐシールドを張ったりしているじゃないか」

「大した効果もないくせに口だけは一人前だな。俺の仲間に補助魔法使いは必要ない。新しく神聖《しんせい》魔法使《まほうつか》いがパーティーに入ることになったから、お前は用済みなんだよ」

悔しいがハインツの言う通り、神聖魔法使いがいるなら補助魔法使いは用済みだ。

補助魔法には1から10まである魔法のクラスの、4クラスまでしか存在しない。通常、クラスが高い魔法程MPを多く消費し、その分魔法の威力も大きくなる。つまり、同じ支援系の魔法でも、8クラスまである神聖魔法とは威力が大違いなのだ。また、同じクラスの支援魔法を使っても、補助魔法は神聖魔法より弱い効果しかもたらさないと言われている。

俺達が言い争いをしていると、ハインツの後ろからローブを着たショートカットの女性が現れた。

「私は、リック様の代わりにハインツ様のパーティーに入らせていただく、男爵家のリディアと申します」

「というわけだ。お前は俺のパーティーから出ていけ！」

「ま、待ってくれ！　これは皆の総意なのか？」

俺は残りのパーティーメンバー三人に目を向ける。

「私はハインツ様の指示に従います」

いつも無口な、元騎士のレイラが賛成の意を示す。

「あたしもハインツ皇子の言う通り、あんたは役に立たないって思ってたから賛成～」

侯爵家の娘で、弓を使うハンターのフェニスも、ハインツの意見に賛同する。

元々この二人はハインツ派なので、俺のことを庇《かば》ってくれるなどとは思っていない。

俺はまだ意見を述べていない、精霊魔法使《せいれいまほうつか》いで公爵家の娘であるサーシャに視線を向ける。

サーシャとは勇者パーティーに入る前からの付き合いで、身分を気にせず話せる友人だ。

俺を追放するなどと言うはずがない。

「わ、私も……リック様は勇者パーティーから外れた方がいいと思います」

「そ、そんな……嘘《うそ》だろサーシャ」

サーシャは顔を背けた。

まさかサーシャまでハインツの意見に賛成するとは……

信じていた者に裏切られ、俺は無言で地面に膝をつく。

「もう二度と俺達の前に現れるな！」

怒声を放ち、ハインツ達は去っていった。

「おい……リック様はもう勇者パーティーから外れたってことか？」

「今のを見ただろ？　ハインツ皇子直々に追放されたんだ。これでニューフィールド家は落ち目になるかもしれん」

「マジかよ。リック様は勇者パーティーの一員だから、武器や防具を優先して売ってたけど、今後はやめた方がいいな」

俺が勇者パーティーから追放されるところを見ていた人達は、ヒソヒソと話しながら一人、また一人と去っていく。そしてとうとうこの場には俺だけとなった。

「クッ！　ククッ！」

もしまだここに他の人がいれば、俺は勇者パーティーから追い出され、悔し涙を流している哀れな男に見えただろう。

だが！

「クックック……うまくいった！　うまくいったぞ！」

涙ではなく笑いが込み上げてきて、俺は思わず歓喜の声をあげた。

「なんであんな我がまま皇子と冒険の旅に出なくちゃならないんだ。もし元いた世界だったら、さっきのやり取りはパワハラだって訴えられるレベルだぞ」

そう、俺は元いた世界で死んでしまい、女神様の力でこの世界に転生させられた人間なのだ。

先日、命を失いかねない危機に遭遇《そうぐう》したことがきっかけで、元いた世界の記憶を取り戻した俺は、わざと勇者パーティーから追放される計画を立てて実行したのである。

「よし！　第一目標は達成した。次の目標をクリアするために、まずは実家のニューフィールド家に戻るぞ」

初めはスマホも冷蔵庫もないこの世界に絶望したが、俺には死んだ時に女神様からいただいた創《そう》聖魔法《せいまほう》がある。

「記憶が戻った今、あんな皇子には従っていられない。これからはこの異世界を謳歌《おうか》するぞ」

そして俺は、自分の目論見《もくろみ》が成功した喜びを胸に、次の目的地であるドルドランドの街へと向かった。

# 第一章　二度目の邂逅《かいこう》

ここはドルドランドの街。

首都シュバルツバインから、徒歩で三日程西に向かったところにあり、グランドダイン帝国の中でも、農業商業共にそこそこ発展した街である。

「懐《なつ》かしいな」

と言っても、前世の記憶が戻ってからドルドランドに帰ってくるのは初めてだ。

今の俺には前世の記憶もあるし、リックとして過ごした記憶もちゃんとある。

記憶が戻った時は混乱したが、あの時はそんなことは言ってられない状況だった。

今考えてみても、よく生きていたなと不思議に思う出来事だ。

あれは一ヶ月前、誘《いざな》いの洞窟《どうくつ》でのこと——

俺達が冒険者ギルドの依頼を次々と達成し、皇帝から勇者パーティーとして認められた頃だった。

「レイラ……今日のターゲットはなんだ？」

「領主からの依頼で、誘いの洞窟を攻略してほしいそうです。最深部にミノタウロスが一匹いるとの情報があります」

「ミノタウロス？　ここの領主はそんな雑魚《ざこ》一匹に手間取っているのか？」

ハインツはレイラの言葉を聞いて鼻で笑う。

「でも～皆ハインツ皇子みたいに～、強いわけじゃないからしょうがないよ～」

「そうだな。面倒だが愚民《ぐみん》共を守ってやるのも勇者の仕事だからな」

フェニスの煽《おだ》てでハインツは上機嫌になり、警戒もせず洞窟の中を進んでいく。

「お、皇子！　洞窟内にはどのような仕掛けがあるかわかりません。魔物もいますし、慎重に行動してください」

「サーシャは心配性だな。たかだかミノタウロス一匹を討伐するだけだろ？　この勇者ハインツ様にかかれば一瞬だ。最近調子がいいからな」

「さすがハインツ様～」

サーシャは、人の言うことを聞かないハインツの態度に顔をしかめつつも、レイラが辺りを警戒しているのでこのまま進んでも大丈夫だと判断したようだ。

しばらく歩いていると、レイラが持っているたいまつの火が、少しずつ小さくなった。

「リック！　たいまつの火が消えかかってるぞ！　お前は言われなきゃ何もできないのか！」

「今代えるところだったんだよ」

「なら早くしろ！　暗闇の中で敵に襲《おそ》われたらどうするつもりだ！」

ハインツのもの言いに腹を立てつつも、俺は大人しくレイラが持っているたいまつを新しいものへと交換する。

「お前は戦闘だとほぼ役に立たないだろ？　これくらいのことはしっかりとやれ」

「あ、ああ」

俺はハインツには何を言っても無駄だと思い、黙々と言われたことをこなす。

そして洞窟の最深部に到着した時、手に斧《おの》を持った一匹のミノタウロスの姿が見えた。

「よし！　ここは俺に任せておけ！」

ハインツは剣を構え、ミノタウロスへと一直線に向かっていく。

「一応補助魔法をかけるぞ……クラス２・旋風魔法《フウァールウインド》、クラス２・剛力魔法《クラフト》」

俺がかけた二つの補助魔法の効果で、ハインツのスピードとパワーが強化される。

「ちっ！　余計なことを！」

ハインツは悪態をつきながらも、疾風《しっぷう》のようなスピードでミノタウロスに近づく。

ハインツの剣が輝いた。

「行くぞ！　マナブレイク！」

出た！　これがハインツが勇者と呼ばれる理由の一つ。

大気中にあるマナを剣に集め、魔の者を滅する必殺のスキルだ。

ちなみにスキルは魔法とは違って、ＭＰの代わりにＨＰを失う。ハインツのマナブレイクは威力が強い分、一度使うとＨＰの三分の一が失われるため、注意が必要だと以前本人が言っていた。

ハインツは飛び上がり、ミノタウロスの頭部に向かって剣を振り下ろす。

しかしミノタウロスはハインツの攻撃に反応し、手に持った斧で剣を受け止めた。

この後ミノタウロスが反撃してくるはずだ。

だが、ハインツの剣が斧に触れると、斧はあっさりと消滅した。

「とどめだ！」

ハインツは、武器がなくなったミノタウロスの頭部を目掛けて再び剣を振り下ろす。

するとミノタウロスは断末魔《だんまつま》の悲鳴をあげる間もなく、その場に崩れ落ちた。

「はっ！　雑魚が！」

「さすがハインツ様〜」

ハインツは自信に満ちた表情をしていて、フェニスはハインツの功績を称《たた》える。

「やはり俺の敵じゃないな」

二人はミノタウロスをあっさりと倒したことで、警戒を解いていた。

そして彼らがミノタウロスに近づいた時、突然サーシャが声をあげる。

「ハインツ皇子！　床に罠《わな》が仕掛けられています！」

「あん？」

しかし、サーシャの警告は間に合わなかった。

ハインツの足元が輝き、辺りは眩《まばゆ》い光に包まれて何も見えなくなる。

「サーシャ、これは？」

俺は光で周囲が見えない中、サーシャに問いかける。

「これは召喚《しょうかん》の魔法陣です。おそらくハインツ皇子のＨＰを利用して、魔物を喚《よ》び寄せています」

サーシャの言葉通り、ハインツはＨＰを吸いとられたのか地面に膝をつき、魔法陣からはミノタウロスが次々と出てきた。

まずい！　このままではハインツとフェニスがミノタウロスに殺《や》られてしまう！

俺はすぐさま二人の下へと走り出す。

「ハ、ハインツ様～」

「ちっ……小細工をしやがって……」

ハインツはとてもじゃないが戦える状態には見えない。かと言って、弓を使うフェニスには至近距離にいるミノタウロスを討伐することなどできないだろう。

「二人とも大丈夫か！」

「見てわからないのかこの役立たずが……」

二人の側に移動すると、ハインツが悪態をついてきた。

これだけ話せるなら、とりあえず大丈夫そうだな。

しかしピンチはまだ終わってない。

魔法陣から召喚された四匹のミノタウロスが、俺達目掛けて斧を振り下ろしてくる。

「危ない！　クラス２・風盾魔法《ウインドシールド》」

俺は前方に風の盾を展開し、ミノタウロスの攻撃を受け止めた。

「ば、バカやろう……早くこっちをなんとかしろ……」

「わかった。クラス３・回復魔法《ヒール》」

俺が回復魔法を唱えると、ハインツの身体が白く輝き、召喚の魔法陣に吸収されたＨＰが元に戻る。

「遅いぞ！　クズが！」

一人で突っ込んでいったお前が悪いんだろ？　と言ってやりたかったが、今はそれどころではない。

「ミノタウロスが十匹も～……」

フェニスの言う通り、最終的に魔法陣から十四のミノタウロスが現れた。

「皆様、時間が経てば魔法陣から出てきた魔物は強制送還されるはずです」

サーシャが魔法陣の分析をしてくれているが、いくら勇者パーティーでも、この魔物の群れからの攻撃をしのぐのは不可能に近い。

「ハ、ハインツ様逃げましょう～」

「ちっ！　行くぞフェニス」

俺達はサーシャ達がいる方へ走り出したが、六匹のミノタウロスが斧を振りかざし、邪魔をしてくる。

「サーシャ！　レイラ！　何をしてる！　俺を助けろ！」

ハインツが苛立《いらだ》った声で洞窟の出口方面にいるサーシャ達に命令するが、二人も四匹のミノタウロスに囲まれているため、こちらを援護することができない。

俺達は徐々に洞窟の奥へと追い詰められていく。

「すみませんハインツ様～、こんなに接近されると反撃できなくて～……」

フェニスは回避に専念していて、弓を使えていない。

そのため今は、ミノタウロスの攻撃を俺とハインツが防ぎ、なんとか生き延びている状態だ。

「それなら一度態勢を立て直すぞ！　リック、ミノタウロスを引きつけてくれ。その間に俺とフェニスは距離を取り、背後から一体ずつミノタウロスを排除していく！」

このまま三人で固まっていてもじり貧だ。一《いち》か八《ばち》かでハインツの策に乗るしかないか。

「わかった……クラス２・風盾魔法《ウインドシールド》！」

俺は風の盾を前方に展開して、そのままミノタウロスに突撃する。

「よし！　今のうちに行くぞフェニス」

「はい～」

ハインツ達は俺が作った隙をつき、ミノタウロス達の包囲から脱出する。

後はこのまま耐えていれば、後方から攻撃してくれるはずだ。

しかし二人はこちらを振り返らず、そのまま駆け出した。

「ちょっと待て！　まさか俺を囮《おとり》に！」

だがフェニスは突然立ち止まり、こちらに向かって矢を放つ。

一瞬でもハインツ達を疑った自分を恥ずかしいと思ったが、その考えはすぐに覆《くつがえ》された。

フェニスの放った矢はミノタウロスには届かず、俺の足元に突き刺さる。

「フェニスはどこを狙って……」

弓の名手であるフェニスにしてはありえないミスだ。

俺はフェニスの矢が刺さった場所を見る。

そこには小さな袋があり、矢が刺さったところから粉末状のものがこぼれ出ていた。

「なんだ？　まさか匂《にお》い袋《ぶくろ》!?」

これは魔物を呼び寄せる道具だ！　袋が密封されていれば問題ないが、中身が空気に触れると魔物が好きな匂いを放ち始める。

「後は頼んだぞ役立たず」

ハインツはにやけ顔で言い捨て、こちらに背を向けた。

「ハインツ、お前！」

しかし俺の声は届かず、魔物寄せの匂いを嗅《か》いだミノタウロスがこちらへと向かってくる。

「ハインツ皇子！　あなたという人は！」

サーシャはハインツの言葉に声を荒らげる。

「リック様！　今お助けします！　クラス3・炎の矢魔法《フレアアロー》」

サーシャが魔法を唱えると、十数本の赤い炎の矢がミノタウロスへと向かう。

「グァァァッ！」

数匹のミノタウロスが炎の矢を食らい声をあげるが、倒すまでには至らない。そしてミノタウロス達はそのまま、自分達に攻撃をしてきたサーシャの方へと向かっていく。

「サーシャ！　余計なことをするな！」

「あなたの今の行動を看過《かんか》するわけには行きません！」

サーシャは俺を見殺しにしようとしたハインツを糾弾する。

「ちっ！　レイラ！　サーシャを連れていけ！」

「承知しました」

レイラはサーシャを力ずくで引っぱる。

「暴れないでください。これ以上騒《さわ》ぐようでしたら私も本気で対処致しますよ」

「離してください！　リック様が……ごふっ！」

レイラは抵抗するサーシャの鳩尾《みぞおち》に拳《こぶし》を叩《たた》き込む。サーシャは意識を失い、ぐったりと地面に横たわった。

「行きましょう、ハインツ様」

レイラは何事もなかったかのようにサーシャを担《かつ》ぎ上げ、走り出した。

「よくやったレイラ。では後は頼むぞリック」

「さよなら〜」

三人が逃げ出し、最深部に残ったのは俺とミノタウロスだけになった。

「後は頼むって、この状況でどうすれば……」

さっきから風盾魔法《ウインドシールド》でミノタウロスの攻撃を防いでいるが、いつ壊れるかわからないし、MPも残り少ないのでこれ以上盾を維持できない。

ザシュッ！

そしてとうとう風の盾がミノタウロスの斧で切り裂かれた。

まずい！　このままだと敵の攻撃をまともに受けてしまう！

「クラス２・風盾魔法《ウインドシールド》！」

俺は再度魔法を唱えたが、風の盾は展開されない。

「もうMPが残ってないのかよ……はっ！」

そして防ぐものがなくなった俺に向かって、ミノタウロスの斧が振り下ろされる。

やばい！　食らう！

俺は風の盾で攻撃を防ごうと考えていたため、避けるのが遅れてしまった。

ザシュッ！

ミノタウロスの斧に左腕の上腕部を斬られた。

痛い……！　これ以上やられたら本当に死んでしまう。

しかしミノタウロスの攻撃はまだ終わらない。

別のミノタウロスが続けて斧を振り回してきたので、俺は身をひねってかわす。しかし腕の痛みで初動が遅れ、まともに腹部を斧で斬られてしまい、俺は膝から崩れ落ちた。

「ごふっ！」

腕だけではなく、腹部と口からも血が大量に出ており、出血多量で意識が保てなくなってきた。

このままだと待っているのは確実な死だ。

俺はこんなところで死ぬのか。

子爵家の次男に生まれみそっかす扱いをされたけど、勇者パーティーに入ったことによって周囲の見る目が変わった。

そして公爵家の令嬢と婚約もして、周りからは順風満帆《じゅんぷうまんぱん》に見えたかもしれない。

だがハインツも婚約者のエミリアも、ただ自分に従う奴隷《どれい》が欲しかっただけだった。

くそっ……最悪な人生だったけど、せめて次に生まれ変わった時は、今よりマシな人生を送りたい。

俺は最後の力を振り絞り、なんとか目を見開く。

目前には斧を持ったミノタウロスがいた。

しかしどうにかしようにも、もう身体は動かない。俺はゆっくりと目を閉じた。

ダメだ……意識……も……

そして辺りは静寂《せいじゃく》に包まれた。


次に目を開けると、そこは真っ白な何もない世界だった。

「ここは……俺は死んだんじゃ……」

真っ白な何もない世界。全方位見渡しても白い空間が続くだけ。

明らかに異様な場所だ。

それに、腕と腹部の傷が治っている。

これは死んであの世に来たと考えるのが普通だろう。

けど……ここって見覚えがあるんだよな。

「つっ！　な、なんだこれは！」

辺りを見回していると、突然頭に痛みが走り、思わず両手で押さえる。

「こ、この痛みは！」

今まで経験したことのない激痛が続き、俺は立っていることができずのたうち回る。

「ぐっ！　ぐぁぁぁっ！」

脳内に何かが無理矢理入り込んでくるような感じだ。

痛い！　痛い！　外傷はないのにこの痛みはなんだ！

ここがどこかもわからないし、なんで死んだ後に頭が破裂《はれつ》しそうな苦痛を味わわなくちゃならないんだ！

死んだ後？

そうだ！　俺は一度この場所に来たことがある。あの時も死んでここに……

その時、俺の脳に異変が起きた。

「地球……日本……科学……トラック」

俺の脳内に、エールドラドのリックとしての記憶と、前世のリクとしての記憶が入ってくる。

しばらくすると、頭痛が治まった。

「はあ……はあ……ふうぅ」

俺は荒くなった呼吸を整えて、ゆっくりと立ち上がる。

そして辺りを見渡し、誰もいない空間に向かって話しかけた。

「女神様……いるんでしょ」

すると、前方の空間に光の粒子が集まり、女性の形になる。

「ふふ……思い出してくれたのね」

光の粒子……いや、女神様は、美しい声で俺の問いに応えてくれた。

「女神様、お久しぶりです。前回俺が死んだ時以来ですね」

「そうね。記憶は全部戻ったのかしら？」

「はい。地球で暮らしていた時の記憶も、エールドラドで暮らしていた時の記憶も両方あります」

先程激しい頭痛がしたのは、地球で暮らしていた時の記憶が一気に入ってきたからだ。そのため脳がキャパオーバーを起こし、パンクしそうになったのだろう。

「ですが……まだ前回死んだ時の記憶は戻っていません」

「そう……あなたにとってショックな出来事だったから、たぶん無意識に記憶を封印しているのね」

前回ここに来た時女神様に言われたが、俺は誰かを守って死んでしまったらしい。

そして残念なことに、その守った相手も結局は亡くなったと聞いた。

だが今はそのことより、また俺が死んでしまったということの方が重要だ。

ミノタウロスからとどめの一撃をもらった記憶はないが、血をたくさん流していたし、臓器破損《ぞうきはそん》、出血多量で命を落とした可能性が高い。

「やっぱり俺はまた死んでしまったのですか？」

俺は女神様に問いかける。すると、女神様から思わぬ言葉が返ってきた。

「おお……死んでしまうとは情けない」

「俺はどこぞの勇者ではないので死ぬこともあります」

「というのは冗談です」

「冗談かよ！　女神様でも冗談を言うんですね」

前はこんなお茶目な感じではなかったぞ。猫を被っていたということか。

「そして死んだというのも嘘です」

「それも嘘⁉」

なんだかこの女神様が胡散臭《うさんくさ》く思えてきたぞ。

「ほぼ死にかけていましたけれど。あなたがこのまま死ぬところは見たくなかったので、私の力を使って、一時的にあなたの精神を呼び寄せたのです」

つまり、俺は女神様の厚意で命拾いしたのか。

さっき胡散臭いと思ったのは撤回《てっかい》しよう。

「ありがとうございます」

「いいえ、礼には及びません。ところで、あなたは前回ここに来た時のことを、明確に覚えていますか？」

初めて来た時のことか……もちろん覚えている。

今は冷静でいられるが、最初に来た時はいきなり何もない空間にいて、ずいぶん取り乱したものだ。

「え～と……前の世界で徳を積んでいたから、死んだ後に異世界に転生させてくれると」

「他には？」

「その時に望むスキルはあるかと問われたので、前の世界にはなかった魔法を使いたいと言いました」

そして補助魔法が使えたから願いは叶《かな》ったんだ。

「いいえ、あなたの願いは叶っていません」

俺の心を読んだように、女神様が言い返してくる。

「補助魔法はあなたの努力で手に入れた魔法……私が授《さず》けた魔法は創聖魔法です」

「創聖魔法？」

そんな魔法聞いたことがないぞ。人が使用できる魔法は、攻撃を主とする精霊魔法。回復、支援、防御を主とする神聖魔法。そして神聖魔法程強い回復、支援、防御ができないと言われる補助魔法だけだ。

「それはどんな魔法なのですか？」

「大きくわけて二つのことができます。一つは既存の魔法の強化。たとえば、風盾魔法《ウインドシールド》は風盾《ウインドシールド》創造魔法《ジェネシス》となり、格段に効果が上がります。もう一つは万物の作製。創造創聖魔法《クリエイトジェネシス》と唱えれば、あなたが知っている物体を生み出したり、オリジナルの魔法やスキルを作製したりすることができます」

それってほぼ無敵じゃないか。たとえば、一瞬で遠いところに移動する魔法など、この世界では聞いたことがないような魔法も、創聖魔法で創ってしまえば使えるということだろ。

「そして作製したスキルを他の者に付与することができます。ですがそのためには膨大《ぼうだい》なＭＰと魔力、そして何より受け渡しを行う相手との信頼関係が必要です」

条件付きとはいえ、他の人にスキルを付与できるなんて、まるで神の所業だな。

「幼き頃からそのような魔法が使えると厄介事に巻き込まれると思い、あなたが十六歳になった時に、前世の記憶と共に創聖魔法を授けるつもりでいました。ですがこのままではあなたが死んでしまうと思い、介入させていただきました」

俺は今十五歳。あと一ヶ月程で十六歳になる。一ヶ月後だったら、創聖魔法でミノタウロス達を退《しりぞ》けることができ、ハインツ達に見殺しにされることはなかったかもしれない。でも今はそんなことはどうでもいい。

「ありがとうございます」

「よいのです。あなたの人生が幸せなものになるよう私は祈っていますから」

そういえば、前回死んだ時も同じ事を言われたな。

俺にはこの異世界で果たすべき使命があるのかと聞いた時、女神様はこう答えた。

魔王を倒すのも辺境で細々と暮らすのもあなたの自由でいい……あなたの人生が幸せなものになるよう祈っていると。

俺はそのことを思い出し、涙が出てきた。

子爵家では父親や兄とうまくいかず、望まない婚約をさせられ、最後にはハインツ達に裏切られた。しかし女神様やサーシャのように、俺を心配してくれる人がいるなら、まだ死ぬことはできない。

「サービスで傷の治療とMPを回復しておきましたが、ミノタウロスはあなたが倒してください。それではあなたがここに来る前の時に戻します」

「わかりました」

「私はいつでもあなたを見守っています。あなたの未来に幸《さち》あらんことを」

そして女神様が優しい言葉を発すると、突然白い世界が輝き、俺は眩《まぶ》しくて目を開けていられなくなった。


「はっ！」

目を開けると、俺は洞窟内にいた。

まずい！　さっきの続きなら、ミノタウロスの斧が俺に迫っているはず！

だが斧はおろかミノタウロスすら近くにいない。辺りを見渡すと、十匹のミノタウロスは離れた場所で尻餅をついていた。

「これってもしかして女神様が……」

傷を治しただけって言ってたのに、サービス精神旺盛《おうせい》な女神様だ。だが助かる。あの時のまま今の場所に飛ばされたら、何もできず首をはねられていただろう。

今がチャンスだ！

女神様の厚意を無にしないためにも、俺はさっそく創聖魔法を使う。

イメージは先程サーシャが使った炎の矢。だが俺の矢は赤ではなく青くなるよう思い描く。

何故なら赤色の炎より青色の炎の方が、より高温だからだ。

「クラス３・炎の矢創聖魔法《フレアアロージェネシス》」

俺が魔法を唱えると、無数の青い炎の矢が生まれる。

十……二十……三十……いやこれはもう百本に近い。

「サーシャでも十数本だった……まさかこんなに……」

「グォオオオッ！」

だが今はそんなことを考えている暇はない。

目の前のミノタウロスを倒さなければ、俺が殺される。

「いっけぇぇっ！」

俺は創聖魔法で生み出した炎の矢を、ミノタウロスの群れに放つ。

ミノタウロス達は矢の数に一瞬驚いたようだが、自慢の分厚い筋肉なら耐えられると思ったのか、構わずこちらに向かって突撃してくる。

だがその選択は間違っていた。

無数の炎の矢がミノタウロス達の大きな身体を貫き、奴らは地面に倒れていく。

貫かれた箇所をよく見てみると、ミノタウロスの皮膚《ひふ》は焼け焦げていた。

頑丈《がんじょう》なミノタウロスでも、超高温の青い炎を防ぐことはできなかったらしい。

「まさか一発の魔法で十匹のミノタウロスを倒してしまうとは……」

自分が放った魔法とはいえ、目の前の光景が信じられない。

俺はとんでもないものを女神様から授かったようだ。

「うっ……なんだ……」

倒れたミノタウロスを見下ろしていると、突然視界がぼやけてきた。

これは……MP不足！　けどMPは女神様が回復してくれたはず。ということは、まさか今の創聖魔法一発で、MPがなくなったというのか。

これは確かに創聖魔法を幼少期に授かっていたら、MPが枯渇《こかつ》して死んでいたかもしれないな。

俺は女神様の配慮《はいりょ》に感謝しつつ意識を失い、その場に倒れた。

# 第二章　婚約者はドSだった

ミノタウロス達を倒し、MPを使い果たして気絶した俺は、戻ってきてくれたサーシャによってなんとか一命を取り留めることができた。

あの時のサーシャは、自分が悪いわけでもないのに泣きながら俺に謝ってくれたな。だが、ハインツの奴が戻ってきた俺を見て「これが一番いい作戦だったんだ。お前も助かったしさすが俺だな」と言い放ったことは一生忘れない。

今までのハインツのやり方に鬱憤《うっぷん》が溜まっていたし、異世界転生前の記憶を得た俺は、これからもこんな奴に仕えるのは嫌だと思った。

だから俺は勇者パーティーを抜けようと決意したのだ。

だが、自分から抜けると言い出すと、ハインツにどんな難癖《なんくせ》をつけられるかわからない。下手をすれば、ハインツの父親である皇帝陛下に処罰される可能性がある。そのためまずは情報屋を使って、レイラ、フェニス、サーシャの三人は俺に惚《ほ》れているから勇者パーティーにいるという偽の噂《うわさ》を流させた。

俺は、ハインツが本当は自分以外女性だけのパーティーを組みたいと思っていて、皇帝陛下に進言したこともあると知っていた。だからハインツがこの噂を聞けば、元々気に入らなかった俺を排除しようと動き、ついでに俺に屈辱《くつじょく》を与えようと、公衆の面前で勇者パーティーから追放するだろうと考えたのだ。実際、ハインツは予想通りの行動をしてくれた。

そして情報屋には、このドルドランドでも別の噂を流すよう依頼してある。

「まずは子爵家に戻り、勇者パーティーから追放されたことを伝えないとな」

俺は街の東区画から中央区画にある領主館に足を向けるが、白馬に引かれた馬車に行く手を阻《はば》まれた。

「来るとは思っていたけど、対応が早いな」

馬車には鷹《たか》の紋章がついており、中から執事らしき老人が降りてきた。

「リック様……お嬢様が馬車の中でお待ちです。どうぞお乗りください」

「わかった。ちょうど俺もエミリアに話があったんだ」

俺は執事の案内で馬車に乗り込む。

そこには、煌《きら》びやかな装《よそお》いに身を包みながらも、それに負けない美しさを兼ね備えた、銀髪の少女が足を組んで座っていた。

「久しぶりね……リック」

「久しぶり……エミリア」

俺の前にいるのは、代々騎士団長を輩出《はいしゅつ》している公爵家の次女、エミリア・フォン・ルーンセイバーだ。そして一応俺の婚約者でもある。

エミリアは笑顔でお嬢様っぽく挨拶《あいさつ》してきた。長年彼女を観察してきた俺には、相当機嫌がいいように見える。機嫌が悪いと作り笑いすらしないからな。

「リック……あなたが勇者パーティーを首になったと聞いたけれど、それは本当？」

今さら隠し事をしても仕方ないので、俺は正直に話すことにする。

「そうだな。ハインツ皇子に追放されたよ」

俺は悔しそうな表情でエミリアに説明する。

「あなた……そのわりには嬉しそうね」

ギクッ！

俺の真意を読み取るとは……俺がエミリアの機嫌の良し悪しを感じ取れるように、エミリアもなんとなく俺の感情がわかるようだ。そういえば、エミリアは以前から俺が嘘をつくとすぐに見破ってきた。だが今回のことはバレるわけにはいかないので、俺はなるべくポーカーフェイスを意識して喋《しゃべ》る。

「そんなことはない。悲しくて今にも胸が張り裂けそうだよ」

エミリアは、俺のアカデミー賞ものの演技に対して目を細め、ジーッと睨《にら》んでくる。

「リック……あなた変よ。何かおかしいわ」

「そ、それは俺が成長したからじゃないか」

確かに、今の俺はリックとしてよりリクとしての意識が強いから、前とは別人と言えるかもしれない。

それにしても、まだ会ってから一言二言しか話していないのに違いに気づくとは。

これは浮気なんかしたら一発でバレそうだな。

「まあいいわ。それより、勇者パーティーを追放されることがどういうことかわかってるの？」

「わかってるよ」

「いいえ、あなたはわかっていないわ。私との婚約を破棄しなければならなくなるのよ。勇者パーティーを追放されたあなたと私の婚約なんて、父が認めるはずがないわ」

もちろんそれもわかっている。

そもそも普通なら、いくら次女とはいえ公爵家の娘が、下位の貴族である子爵家の次男のところへ嫁に来るはずがない。

だが俺はある事件で、エミリアにえらく気に入られてしまったため、強引に婚約者にさせられたのだ。

そんなことを考えていると、エミリアは何故か、靴《くつ》と靴下を脱ぎ素足になった。

しかも脱ぐ時に足を上げたから、ピンクの下着が見えたぞ！

エミリアはそんなことはどうでもいいと思っているのか、蔑《さげす》むような目で俺に言った。

「私の前に跪《ひざまず》きなさい。勇者パーティーから追放され、私との婚約が解消されれば、あなたは間違いなくニューフィールド家から勘当されるわ。そうなれば私達は貴族とただの平民になるの……頭が高いわ」

エミリアの言うことは何一つ間違っていない。確かに勇者パーティーを追放されてニューフィールド家に戻れば、家を追い出される可能性が高い。

そもそも俺は父親であるゴルド・フォン・ニューフィールドと、商人として街に来たメリス母さんとの間にできた子だ。十二歳までゴルドに認知されず、平民として暮らしてきた。

しかし今から約四年前、公爵家のエミリアとサーシャがドルドランドに来た時に事件が起きた。

退屈していたエミリアとサーシャがお忍びで街に出た時、二人は悪漢に拐《かどわ》かされかけた。

俺は誘拐《ゆうかい》の瞬間を偶然目撃してしまったのだ。

その時俺は、当時唯一使えた強化の補助魔法を自分にかけ、必死に誘拐犯にしがみついた。

何度も殴られ、終《しま》いには短剣で足を刺されても俺が誘拐犯を離さなかったことで、護衛の騎士達が気づき、なんとか二人は拐かされずに済んだ。

そしてエミリアは助けた俺を気に入り、婚約者になれと言ってきたのだ。

もちろん平民の俺と婚約することなどできないのだが、俺の父親のゴルドがどこからかその話を聞きつけ、急に俺のことを息子だと言い始めた。そうして、俺はニューフィールド家に次男として迎えられ、エミリアと婚約することになったのだ。

まあどうせゴルドは、公爵家とのパイプができるから俺を認知したのだろう。

つまり、勇者パーティーを追放され、エミリアの婚約者でなくなった俺は、ゴルドにとって利用価値がなくなる。

そのため、エミリアの言うことには何も間違いはない。

俺は平民らしくエミリアの前に跪いた。

「そうよ。私の前で平伏す姿があなたにはお似合いだわ」

エミリアは相変わらずドS発言をする。やはり公爵家の娘だからか、自分の方が上でなくては我《が》慢《まん》ができないのだろう。

「でもね。リックにチャンスをあげるわ」

「チャ、チャンス？」

またろくでもないことを言い出すに決まってると、前世の俺と融合する前のリックが脳内で囁《ささや》いた。

そしてエミリアは、芸術品のように美しい右足を俺の方に伸ばしてきた。

「舐《な》めなさい」

「えっ？」

今までこれ程ストレートにドSな命令をされたことはなかったので、俺は一瞬思考停止した。

「あなたが一生私の下僕《げぼく》として仕えるというなら、父に頼んで今まで通り婚約者でいさせてあげる」

「それで、その証《あか》しとして足の裏を舐めろと？」

「そうよ。リックはそれで貴族として過ごせるし、何より私の側にいられるの。こんなに幸せなことはないでしょ？」

普通なら、足の裏を舐めるのかもしれない。

この世界では平民が貴族に逆らうことなどできないからだ。

それにもしエミリアと結婚すれば、俺は公爵家の一員となり一生遊んで暮らせるだろう。

この世界で生きていくなら、エミリアに従うことが最善だ。

俺はエミリアに近づき、その綺麗《きれい》な右足を手に取る。

「ふふ……リックは賢いわ。安心しなさい、私が一生可愛《かわい》がってあげるから」

どうやらエミリアはご満悦《まんえつ》のようだ。

だが！

俺はエミリアの足を彼女が脱いだ靴の上に置いた。

「エミリア様……はしたないですよ」

そして踵《きびす》を返し、馬車のドアに手を伸ばす。

俺には前世の記憶が残っているし、創聖魔法もある。

せっかくハインツから逃《のが》れることができたのに、ドSのエミリアに従ってられるか。

「リ、リック！　あなた、私の言うことが聞けないの!?」

俺の行動が予想外だったのか、エミリアは珍しくうろたえている。

「俺はこれから自由に生きます。もう二度とあなたに会うことはないでしょう……さようなら」

「ちょっ！　ちょっと待ちなさいリック！」

俺は叫《さけ》んでいるエミリアを無視して馬車を出る。

そして自由を手に入れるため、一直線にニューフィールド家へ走った。

# 第三章　血の繋《つな》がりがあるからこそ信用できる

エミリアと別れた俺は、東区画から移動して中央区画にあるニューフィールド家の屋敷へ向かっていた。

「おせえぞ！　早く歩きやがれ！」

すると、突然怒鳴り声が聞こえた。視線を向けると、鎖《くさり》で首を繋がれた五人の子供達が弱々しい足取りで歩いている姿が目に入った。

鎖の先には一人の中年の男性がおり、苛立った様子で子供達を鞭《むち》で叩いている。

「あうっ！」

子供達は鞭で叩かれても文句を言わず、ただ男の言うことを聞いて黙々と後に付いていく。子供達の目には意志の光がなく、俺にはまるで死んだ魚の目のように見えた。

奴隷商か……奴隷制度などない日本で生まれた俺にとっては、とてもじゃないが見ていられない光景だ。

この世界には金で人の売り買いができる制度があり、専用の道具を使って、奴隷を主人に絶対服従させることができる。奴隷になってしまったら、人権というものはまったくないに等しい。

金のために売られるのはまだいい方で、貴族の一声で奴隷に落とされた者も珍しくはない。

正直嫌悪感しか湧《わ》かない光景だが、今の俺には彼らを解放してあげる力はない。怒りを押し殺しながら、ニューフィールド家の屋敷へ急ぐ。

街の中央へと向かうと、一際大きな屋敷が見えてきた。

他の建物が二階建てなのに対して、その屋敷は四階建てなので、明らかに権力者が住んでいるとわかる造りである。

そして屋敷の前には門番が二人いたので、俺は中に入るために声をかけた。

「リック・フォン・ニューフィールドだ。ここを通してもらうぞ」

俺が名乗ると、門番達は驚いた顔をした後、行く手を遮《さえぎ》ってきた。

「どういうことだ？」

「申しわけありません。デイド様からお通しするなと命じられていますので」

デイドか……母親は違うが、一応俺の兄に当たる人物だ。

「俺はこの家の次男だぞ？　何故通せないのか理由を教えてくれ」

門番達は互いに顔を見合わせた後、こう口にする。

「ゆ、勇者パーティーから追放されたリック様は、もう価値がないので屋敷に入れるなと……」

門番から予想通りの言葉が返ってきた。デイドは平民出の俺がニューフィールドの姓を名乗ることも、エミリアの婚約者になったことも気に食わないと言っていた。これはおそらく嫌がらせだろう。

「なら兄をここに連れてきてくれ！　話がしたい」

「しょ、承知致しました。少しお待ちください」

門番の一人が慌てた様子で屋敷の中に入っていく。

俺と門番のやり取りが騒ぎになってしまったため、周囲には人が集まってきていた。

「あれって……リック様じゃないか」

「ああ……勇者パーティーから追放された……」

もう俺が勇者パーティーを抜けたことが伝わっているのか。

「リック！」

突然屋敷の中から、太った金髪の男が高圧的な態度で現れた。

「お前はどの面《つら》を下げてここへ戻ってきた！」

「兄上……申しわけありません」

「兄などと呼ぶな！　おぞましい！　だからお前を我が家に迎え入れることには反対だったんだ！

ハインツ様に捨てられた無能が！」

デイドは怒っている振りをしているが、内心では笑っているはずだ。

「お前の処遇については父上が沙汰《さた》を下すとおっしゃっていた」

デイドは俺に近づいてきて、小声で語りかけてくる。

「お前のような平民が、ニューフィールド家の次期当主になるなどありえんことだ。父上にはお前がハインツ様に取り入り、ニューフィールド家の当主の座を狙っていると伝えておいた。その他にも父上を辺境へ追いやるつもりだとか、あることないこと吹き込んでいるからな。どんな処分が下るか楽しみだ」

あることないことってそれはほぼないことだろ？

だが、狙い通りことが進んでいるようで、俺は内心ほくそ笑んだ。

俺は情報屋を使って、勇者パーティーを抜けたリックはデイドに代わって次期当主の座を狙っているという噂を流した。

ハッキリ言ってデイドは無能だ。俺がエミリアと婚約した時は、父親が公爵家の影響力を重視して俺を次期当主に指名するのでは、と戦々恐々としていただろう。だから俺が勇者パーティーを追放されたと聞いたら、デイドは歓喜し、そのまま俺を追い落《おとし》とそうとするはずだと思った。そしてそれを助長する噂を流したところ、こうしてまんまと俺を貶めるために動いてくれたのだ。

「どうした……なんの騒ぎだ」

屋敷の中から、数人の護衛を引き連れたニューフィールド家の現当主、俺の父親であるゴルドが現れた。

「ち、父上！　リックの奴がこの家の敷居を跨《また》ごうとしていたので、私がガツンと言ってやりました」

ゴルド……正直俺はこの人のことを父親だと思ってはいない。俺を認知した後も、目障りなのか母さんを屋敷に入れることはなかった。しかも嫌がらせで権力を使って、母さんを家族と会わせないようにしていたのだ。そのため俺は母さんの両親とは会ったこともない。

だから俺にとっての肉親は母さんだけで、ゴルドもデイドも赤の他人だと思っている。

「リックよ……先程公爵様よりお前とエミリア嬢の婚約破棄を言い渡された」

「……はい」

展開が予想以上に早いな。もしかして公爵もこのドルドランドにいるのか？

「ハインツ様からも無能の烙印《らくいん》を押されたようだな」

「……その通りです」

「メリスのような下賤《げせん》な者から生まれた奴に期待した私がバカだった」

母さんが下賤……だと……

俺は怒りのあまり、ゴルドのことを思いっきりぶん殴りかけた。しかし、ここで手を出したら全てが水の泡だ、となんとか堪《こら》える。

「お前がこの屋敷に入ることは許さん。ニューフィールドの姓も二度と名乗るな」

ゴルドは元々エミリアと婚約したから俺を引き取っただけだ。俺に利用価値がなくなれば、捨てるのは当然だろう。

それに父親としての愛情など、俺は受け取ったことすらなかったからな。

「役立たずはもういらん！　母親共々この街から出ていけ！　二度と私の前に現れるな」

それだけ言うと、ゴルドはまた屋敷の中へ戻っていった。

屋敷だけではなく、この街からも出ていけか……まったくもって問題ない。

俺としては、このままゴルドの目が届くところにいさせられる方が嫌だった。

この世界では貴族の言うことは絶対だ。もし無能なデイドが問題を起こした時のための保険として、この街に留まれと命令されたら、今後自由に動くことができなくなる。それに、デイドがニューフィールド家の当主になった時、邪魔な俺を殺そうとするのは間違いないだろう。

それなら街を出ていく方がずっといい。だから噂を流し、デイドが動くよう仕向けたのだ。

「リック！　領主である父上の命令だぞ！　早く出ていけ！」

デイドは、虎の威を借る狐のように強気になって怒鳴り散らす。

正直な話、一人じゃ何もできない奴に何を言われてもどうでもいい。

「これで次の当主はデイド様か……」

「もうこの街は終わりかもしれない」

どうやらこの街の人達も、デイドが無能であることを理解しているようだ。

「どうだ？　悔しいか？　初めからお前の居場所はここにはないんだよ！　薄汚れた貧民街に帰りやがれ！」

だがデイドはそんな街の人達の声に気づかず、俺を街から追放できたと喜んでいる。

もうこの場所に用はない。

俺は後ろを振り返らず、母さんが住んでいる貧民街へと向かった。

街の中央に位置する領主館の周囲は、レンガでできた建物がほとんどだ。

だが街の南区画にある貧民街は、木や藁《わら》でできた建物が多く、とても同じ街とは思えない場所になっている。

そして古びた木でできた家が密集している区域に近づくと、住民達の服装も煌びやかなものから穴が空いたものや継ぎはぎがあるものに変わっていく。

道の脇に目をやると、みすぼらしい服を着た少年や少女達が地面に座り、側を通る大人達に物乞《ものご》いをしていた。

「くっ！」

前世の記憶が戻る前は特に何も思わなかったけど、これは酷《ひど》い有りさまだ。

この街……いやこの国の大部分は、貧しい少年少女達で溢《あふ》れ返《かえ》っている。

理由は簡単で、貴族や王族が民から搾取《さくしゅ》しているからだ。

平民は、毎年国や領主にその年に稼《かせ》いだ分の八割を納税しなければならない。

そして大半の子供達は教育を受けられないため、貧しい暮らしから脱却《だっきゃく》することなどできない仕組みになっている。

日本の義務教育を知っている俺にとっては、この光景には違和感しかない。

「底辺の者は一生底辺か……でも、そこは前の世界と同じかもしれないな」

俺は目の前の光景に対して無力感を抱き、貧民街を駆け抜ける。

すると薄汚れた木で作られた、小さな家の前に辿《たど》り着《つ》いた。

ここが俺の家だ。

「母さん、いるかな」

逸《はや》る気持ちを抑えて家のドアを開けると、長い髪をまとめた女性が台所に立っていた。母さんは三十二歳だが、見た目が若く二十歳くらいに思われることがしょっちゅうだ。子持ちと言うとよく驚かれるらしい。

「母さん！」

声をかけると、母さんは振り向き驚いた。

「リックちゃん！」

母さんは夕食の準備を放り出し、こちらに向かって走ってきた。

俺は手を広げ、母さんをしっかりと受け止める。

母さんからは相変わらずいい匂いがするな。

ただ、この年になると抱きしめられるのは少し気恥ずかしいぞ。

俺は母さんを引き離し、今俺が置かれている状況を説明しようと口を開く。

「母さん実は……」

すると母さんは、俺の口に人指し指を置いた。

「おかえりなさい……リックちゃん」

街でも噂になっていたし、たぶん母さんは俺が勇者パーティーを追放されたことを知っているのだろう。

それでも何も言わず抱きしめてくれる。

改めて俺の肉親はゴルドやデイドではなく、メリス母さんだけだと実感した。

「さあさあご飯がもうすぐできるから一緒に食べましょう」

「う、うん」

俺は変わらず迎えてくれる母さんの優しさに涙が出そうになりながら、食卓についた。

どうやら今日の夕食は、ジャガイモを塩味のついたスープに入れたもののようだ。

「「いただきます」」

俺と母さんは、スプーンを使ってスープを食べる。

苦い……俺がこの世界で生活する上で、一番つらいと思ったのは食事だ。

母さんの料理の腕が悪いというわけではなく、日本と比べると、この世界はかなり食文化の発展が遅れている。

まず昆布は入手困難であり、鰹節《かつおぶし》や顆粒《かりゅう》のだしというものも存在しないため、風味が薄いものが多い。

このスープも塩味はついているが、塩自体が粗悪品《そあくひん》のため、えぐみがすごく苦い味がする。

正直な話、前世で食べたものを思い出した俺にとって、食事は拷問でしかなかった。

そのため、前世の記憶が戻ってからというもの、俺はこれからの食生活をなんとかするために、色々試行錯誤《しこうさくご》してきたのだ。

俺は両手に魔力を込めて魔法を唱える。

「クラス2・創造創聖魔法《クリエイトジェネシス》」

すると魔法の光で両手が輝く。

イメージはチキンコンソメ……鶏《とり》ガラと香味野菜を軽く煮込み、アクをとって濃縮《のうしゅく》し、固形にしたものを頭に思い浮かべる。

そして魔法の光が収まると、皿の上に黄色っぽい固形物が現れた。

「リックちゃんそれは……」

母さんは、突然息子が魔法を使ったことに驚いている。

「騙されたと思って、これを入れてスープを飲んでみてくれないかな」

「わかったわ」

母さんがコンソメをスープに入れる。すると透明なスープの色が薄い黄色に変化していった。

そして母さんは躊躇《ためら》いもなくスープを口にし、幸せそうな笑みを浮かべた。

「なにこれ！　急に風味が豊かになった！　こんなスープ飲んだことないわ！」

俺は母さんの反応を見た後、自分のスープにもチキンコンソメを入れて飲んでみた。なんだか懐かしい味がする。

「この四角い固形物は、リックちゃんの魔法で生み出したの？」

「そうだよ。旅をしているうちにできるようになったから、ぜひ母さんに食べてもらいたかったんだ」

俺が思っていたことを口にすると、母さんはスプーンを置いて席を立ち、テーブルを回り込んで近づいてきた。

「さすが私の子供ね！　これからの食事はなんだか楽しくなりそうだわ」

そう言って母さんは、先程と同じように俺を抱きしめた。

母さんに喜んでもらえてよかった。試行錯誤して作った甲斐があるというものだ。

前世の記憶が戻ってから、創聖魔法について色々試してみた結果、七つのことがわかった。

一つ目。創聖魔法はＭＰの消費が激しい。

二つ目。創聖魔法で物体を生み出す際、元の材料になるものがあればＭＰの消費を抑えられる。たとえば紙を生み出す時、ユーカリやアカシアなどの広葉樹があれば、少ないＭＰで済む。

三つ目。何かものを生み出すにせよ、スキルや魔法を作製するにせよ、初回はＭＰの消費が大きいが、二回目以降は五分の一程になる。

四つ目。今回のチキンコンソメのように、想像することができれば前の世界のものも作れる。

五つ目。物体を生み出す際は、イメージするものによって魔法のクラスが変わる。チキンコンソメはクラス2だったが、ものによってクラスが高くなったり、下がったりするようだ。

六つ目。新しいスキルや魔法を作製した場合、その後二十四時間は再びスキルや魔法を創ることができない。

七つ目。これは先日女神様から教わった。創聖魔法で作製したスキルは相手に付与することができる。そして女神様曰く、その際は大量の魔力とMP、そして何より俺との信頼関係が必要らしい。こればかりは試そうにもスキルを渡す相手がいないし、今は女神様を信じるしかない。

初めて炎の矢《フレアアロー》創聖魔法《ジェネシス》を使った時は、触媒《しょくばい》となるものもなく高温の矢を無制限に生み出そうとしたため、MPを使いすぎて倒れてしまった。

しかし、今回のチキンコンソメくらいなら、初回でもMPの消費が少なく済むことは検証してわかっていた。もちろん創り出す量にもよるが。

MPの使いすぎに気をつけさえすれば、前世の記憶がある俺にとって、創聖魔法は最良の魔法であることは確かだ。俺は改めて創聖魔法をくれた女神様に感謝する。

そして和《なご》やかな雰囲気で食事が進み、スープを食べ終えた頃。

母さんは、俺が勇者パーティーを追放されたことは知っていると思うが、ドルドランドを出ていかなきゃならなくなったことは知らないだろう。

しかもその追放に、母さんも巻き込んでしまった。

それだけは謝罪と共に俺の口から母さんに伝えなくてはならない。

意を決して話しかけようとした瞬間。

母さんの方から話しかけてきた。しかも実家に戻る？

「お母さんそろそろ実家に戻ろうかなって考えているの」

「実家の商売でグランドダインに来て、リックちゃんが生まれてから一度も帰ってなかったから」

確か、母さんの実家は共和制を敷《し》いているジルク商業国にあったな。あそこは貴族ではなく、選ばれた代表者がトップになるという国だったはず。

グランドダイン帝国は、二十年前くらいから経済的な急成長を遂《と》げていたため、それを好機と見た母さんと母さんの父さん……俺の祖父が、商売のためにドルドランドに来たのだ。

そしてその時に母さんはゴルドに気に入られ、俺が生まれたらしい。

母さんは今まで一度も実家のことを口にしなかった……今唐突に話してきたのは、たぶん俺のためだ。勇者パーティーを追放された俺がこのままドルドランドにいると、ゴルド達に何をされるかわからないと考え、母さんは気を利《き》かせてくれたんだ。

ゴルドは今まで母さんが家族に会うのをずっと邪魔してきた。だから、母さんはゴルドの執念深さと恐ろしさを誰よりよく知っているはず。それなのに、危険も顧《かえり》みず俺のために逃亡を提案するなんて……

俺は母さんの優しさにまた涙が出そうになった。

「そうだね。俺……勇者パーティーを追放されて、ゴルド達に母さん共々ドルドランドから出ていけって言われたから……」

「そうだったの？　それならちょうどよかったわね。これからは私と一緒にジルク商業国で暮らしましょ」

「うん」

あくまで自分は俺の追放を知らなかったと言うのか。本当にこの人はもう……

俺はその優しさに甘えることにし、改めて母さんの子供でよかったと心から思った。


旅立ちの日の朝。

俺と母さんはジルク商業国へ向かうため、ドルドランドの西門にやってきた。

「なんだか旅行に行くみたいで楽しいわね」

母さんは実家に帰ることが嬉《うれ》しいのか、手ぶらで鼻歌でも歌いそうな足取りで歩いている。

「それにしても魔法って便利ね。さすがリックちゃん」

そう……今の俺と母さんは荷物を持っていない。全て異空間に収納しているからだ。

俺が知る限り、この世界には異空間に荷物を収納するという概念や魔法はない。だが俺には前世で培《つちか》ったマンガやゲームの知識がある。というわけで、創聖魔法で異空間収納の魔法を作製してみた。

初めて異空間収納の魔法を使った時は、炎の矢《フレアアロー》創聖魔法《ジェネシス》を使用した時と同様にＭＰの枯渇を起こし、その場で意識を失ってしまった。

だがそのかいがあって、二回目以降はなんとか倒れずに異空間収納の魔法を使えるようになった。

ただ、今の俺ではせいぜい一日に五回程しか使用できない。

とはいえ、母さんが言うように便利な魔法なので、今後も重宝することになるだろう。

「おい！　下民《げみん》！」

俺と母さんは西門を潜《くぐ》ろうと足を進めていたが、突然背後から聞き覚えのある声がしたので振り返る。

「デイドか……」

取り巻き五人を連れたデイドが、ゲスな笑みを浮かべながらこちらに近づいてきた。

「なんの用だ？　お前の望み通りこの街から出ていくから、邪魔をしないでくれ」

「邪魔をするな？　いつから俺様に命令できるようになったんだ」

「デイドだって俺の顔を見たくないだろう？」

本当に何をしに来たんだ？　デイドのことだからろくでもないことだと思うが。

「その通りだ。だが最後にいいことを教えてやろうと思ってな」

「いいこと？」

周囲にいる人々は、領主の息子である俺達の会話を聞いて、何事かと視線を向けてくる。

「父上が帝国にお前を除籍したと証明する書類を提出したんだ。まもなく俺様とお前は正式に赤の他人になる。ようやく父上も、本当に必要な子供は誰か気づいてくれたようだ」

ということは、もうすぐ俺はニューフィールド家と無関係になり、貴族ですらなくなるわけか。望んでいた通りの展開になったな。

「元々娼婦《しょうふ》の息子ごときが俺と兄弟など、ありえない話だったんだ」

「娼婦……だと……」

デイドは今、母さんのことを娼婦と言ったのか！

「おっと……あまりにもみすぼらしい服を着ているから、娼婦がいることに気づかなかった。てっきり生ゴミか何かだと思ったぜ」

「デイド、お前！」

俺のことを悪く言うのはかまわない。だが母さんのことを悪く言う奴は許さん！

「リックちゃんダメ！」

俺はデイドに殴りかかろうと拳を振り上げたが、母さんが俺の手を掴《つか》み阻止してきた。

「リックちゃん……私のことはいいから」

母さんは目を伏せて悲しい表情をしていた。

「ププッ……リックちゃんだと。その年で親からそんな呼ばれ方をしている奴、初めて見たぞ。お前達も笑え」

デイドの命令で、取り巻き達も俺と母さんのことを笑い始める。

「お前ら！」

「リックちゃんいいから……早く行きましょう」

母さんは俺の手を引いて西門の方へ引っ張っていく。

「逃げるのか？　さすが勇者パーティーを追放されただけはあるな」

デイドはここぞとばかりに挑発してくる。

別に勇者パーティーの追放は狙ってやったことだから腹は立たない。

だがデイドに言われると腹が立つ。

「お前に代わって、俺がエミリア様の婚約者になってやるから安心しろ」

それは正直どうでもいい話だ。もしドSのエミリアと結婚したら……俺は家に帰らない夫になりそうだからな。そもそも、無能なデイドがエミリアの婚約者になれるはずがない。

「お前は前から気に食わなかったんだ……突然現れてエミリア様の婚約者になり、勇者パーティーに入りやがって。それだけじゃ飽き足らず、領主の座まで狙ってきた。親子共々、このまま五体満足でドルドランドから出られると思うなよ！」

デイドが声を発すると、取り巻き達が俺達を囲んできた。

「リックちゃん！」

俺を守ろうと母さんがデイド達の前に立ち塞がる。

母さんには戦う力はないのに、それでも俺を……

「そうだ。母親のお前は奴隷として飼ってやろう。それがリックが一番苦しむことだろうからな。本当に娼婦として成り下がる姿を見せてやる」

デイドが立て続けに母さんを侮辱《ぶじょく》したことで、俺の頭の中で何かがブチギレた。

俺は母さんの肩を掴み、後ろに下がらせる。

「私は何を言われても我慢できるから」

「ごめん母さん……俺が我慢できないよ」

「リックちゃん……」

俺は怒りを噛みしめるかのようにゆっくり歩き、デイド達と対峙《たいじ》する。

「もう母親に甘えなくていいのか？」

「黙れデイド。一応聞いておくが、帝国の法律で貴族は家族同士で殺し合うことは禁じられている。まだ正式な承認をもらっていないのに、そんなことをしてもいいのか？　もしその法律を破ればお前でも死罪は免《まぬが》れないぞ」

これは過去に家督争いが多く起きたため、皇帝が定めた法だ。

今までデイドは問題を起こした時、貴族の権力を使ったり、父親に尻拭いをしてもらったりしてなかったことにしてきた。

だが今の俺とデイドのやり取りは、この場にいる大勢の人が見ている。

いくらなんでも言い逃れはできないと思うが……

「確かに帝国に提出した書類の承認には、まだ時間がかかるだろう。だが別にこれは殺し合いじゃない。ただの兄弟ゲンカだ。しかし当たりどころが悪くて再起不能になったり、死んだりすることがあるかもしれないがな」

そんなのただの言葉遊びだ。だがその提案は俺にとっても悪くない。

「その言葉……お前にも適用されることを忘れるなよ」

「ハッハッハ！　補助魔法使いごときが何を言う！　補助魔法なんてちょっと身体を強くするだけだろ？　そもそも勇者パーティーに入れたのも、エミリア様のコネがあったからだ。身の程を知れ！」

デイドの取り巻き達が、ジリジリと距離を詰めてくる。

「デイド様！　勝ったらあの女は好きにしていいんですか？」

「ああ……娼婦の女など汚らわしくて、俺は抱く気にはならないからな」

「了解でさぁ！」

取り巻き達はデイドの許可を得て、一斉に襲いかかってくる。

「リ、リックちゃん……」

母さんは取り巻き達が迫ってくるのを見て、恐怖で声を震わせた。

デイドよ……母さんを侮辱し、怖がらせた罪は重いぞ！

「クラス２・剛力創聖魔法《クラフトジェネシス》」

自分自身に創聖魔法をかけると、力がみなぎってきた。

「まずはてめえからだ！　その後じっくり女を嬲《なぶ》ってやるぜ！」

こいつらもデイドと同じ穴《あな》の狢《むじな》だ！　デイド同様に痛い目を見てもらうぞ！

「簡単に殺すなよ。俺にも殴ら……」

しかしデイドは、命令を全て言い終えることはできなかった。

何故なら俺が、取り巻き達五人の腹部を目掛けて拳を繰り出し、一瞬で西門の壁まで吹き飛ばしたからだ。

「せ……ろ……ってはぁぁ！　な、なんでお前達がやられている！」

「俺の攻撃を食らったからに決まってるだろ」

俺はデイドに向かって、ゆっくりと近づいていく。

デイドは腰を抜かし、必死に後退った。

「く、来るな！　補助魔法の支援なんて、一割くらい能力が上がるだけだろ……な、なんでリックにそんな力が……」

おかしなことを言う。俺は補助魔法でも、二、三倍くらいには能力を上げることができるぞ。だが今使用した創聖魔法なら、四、五倍はいける。

「ま、まさか……リックが勇者パーティーに選ばれたのは実力だったのか！」

勇者パーティーがどうだとかそんなことに興味はない。

俺は母さんを侮辱したデイドを許せないだけだ。

ふと地面を見ると、握《にぎ》り拳《こぶし》くらいの大きさの石があったため拾い上げる。

「ま、まさかその石を使って、俺の頭を砕《くだ》くつもりか！」

デイドは取り巻き達を一瞬で倒した俺に恐れを成したのか、先程までの強気な態度は見る影もない。

「それもいいかもな」

俺が右手を思いっきり握ると、石は音を立てて砕けた。

「次はお前の頭がこうなる番だ」

「ひぃぃっ！」

デイドは自分の頭が砕けるのを想像したのか、悲鳴をあげる。

見ると、デイドの股関《こかん》に染みが広がっていた。

「お、おい？　デイド様を見ろ」

「股が濡《ぬ》れてる？」

「まさか漏《も》らしたのか！」

どうやらデイドは恐怖のあまり失禁してしまったようだ。

こいつもこれで終わりだな。公衆の面前で漏らした貴族なんて、もう権威のかけらもない。

俺が処分しなくても、ゴルドが処罰を下すだろう。

「母さん、行こう」

「うん」

俺達は、失禁したデイドを置いて西門の外へと向かう。

すると母さんは、自分の腕を俺の右腕に絡《から》めてきた。

母さんに視線を向けると、笑顔で今にもスキップでもしそうな様子だ。

「母さん、なんか機嫌がいいね」

デイドに好き勝手言われたから、機嫌が悪くてもおかしくないのだが。

「そうね。気分は悪漢から救われたお姫様って感じだわ」

デイドが悪漢？　確かにそんな感じだな。

俺は母さんのたとえが面白くて、思わず笑ってしまった。

「これからの旅や、実家があるズーリエでの暮らしを考えると楽しくなってきたわ。だってリックちゃんが側にいるんだもん」

だもんって子持ちの母親が言う言葉ではないけど、可愛らしい母さんが言うとなんだか似合ってしまう。

「俺も母さんとの暮らしが楽しみだよ」

本当に楽しみだ。

ようやく勇者パーティーからも、父親と兄、婚約者からも逃れることができたんだ。

後は新しい土地で母さんと幸せに暮らすだけだ。

こうして俺は因縁《いんねん》をつけてきたデイド達を痛い目に遭《あ》わせ、母さんと共にドルドランドから実家があるジルク商業国へと向かった。

# 第四章　運命？　の出会いは突然に

リックがズーリエに向けて出発した頃。

ドルドランドにあるルーンセイバー公爵家の別荘にて。

エミリアはここ数日自室に閉じこもり、終始イライラして落ち着かない様子を見せていた。

自室を出なかったのは、誰かに会ってしまったらこの苛立ちをぶつけてしまうと思ったからである。

エミリアの心を乱す原因……それはもちろんリックだ。

——今まで私に従順だったのに逆らうなんて……

エミリアの知っているリックなら、母親や今の生活を守るために、彼女の足を舐めるはずだった。

しかし、拒絶された。

今は父に待ってもらっているが、このままでは正式に婚約がなくなってしまう。

——それだけは絶対に嫌！　リックは私のものよ！

そこまで固執《こしつ》するなら自分からリックに謝りに行けばいいのだが、エミリアはプライドが邪魔して行動に移すことができなかった。今のエミリアにできるのは、リックが泣きついてくるのを待つことだけだ。

トントン。

突然部屋のドアがノックされた。

エミリアはその音を聞いて気分を高揚《こうよう》させる。

——きっとリックが来たんだわ！　そうよ、リックが私から離れられるわけないじゃない。ふふ……私の心を乱した罰よ。謝っても簡単には許してあげないから。

エミリアはにやけるのを我慢し、ドアの外にいる者に返事をする。

「入りなさい」

「エミリア様失礼します」

エミリア専属の執事であるセバスが、美しい所作《しょさ》で部屋に入る。

「セバスどうしたの？」

「お嬢様にお客様がいらしています」

「だ、だれ？」

「ニューフィールド家の者ですが、いかがいたしますか？」

——ふふ……やっぱりね。でも私はリックに会えなくて二日間つらい思いをしたわ。リックにも少しは苦しんでもらおうかしら。

「一時間くらい待たせてから行くわ。リックもこの私に会ってもらえるのだから、ありがたく思うことでしょうね」

——それにどうせなら服を着替えてお化粧《けしょう》もして、綺麗になった私を見てほしい。きっと可愛い私を見てさらに惚れ直すと思うわ。ふふ……リックは幸せ者ね。

「お嬢様……申しわけありませんが、来客はリック様ではなくデイド様です」

「えっ？　リックじゃ……ない……誰よそれ」

「リック様の腹違いの兄君になります」

これまでニューフィールド家にもリックの兄にもまったく興味がなかったエミリアにとって、初めて知る名前だった。

「リックじゃないなら会う必要はないわ。帰ってもらいなさい」

「ですがお嬢様……デイド様はリック様のことでお伝えしたいことがあるとおっしゃっていますが……」

「すぐに部屋に案内しなさい！」

今のリックのことがわかる。そう考えるとエミリアは反射的にそう答えてしまった。

「承知しました。デイド様は応接室でお待ちになっております」

エミリアは逸る気持ちを抑えながら、早足で応接室に向かう。

そして彼女が勢いよく応接室のドアを開くと、豚のように太った醜《みにく》い人間がイスに座っていた。

——これがリックの兄⁉　不摂生《ふせっせい》な生活をしていることが一目でわかるわ。

「これはこれはエミリア様。本日も美しく……」

豚……いや、デイドはニヤリと笑い、舐めるような目でエミリアを見た。

エミリアの背筋に悪寒《おかん》が走る。

――絶対無理！　この人は生理的に受け付けられない！

リックと結婚したら親戚付き合いは最低限にすると、エミリアは心に誓《ちか》った。

「そういう話はいいから……それで？　私に言いたいことがあるんでしょ」

早くリックのことを知りたいというエミリアの願いが叶ったのか、デイドはリックのことを話し出す。だがそれはエミリアにとって、到底受け入れがたい内容だった。

「リックは勇者パーティーから追い出されたことにより、ニューフィールド家からも追放となりました」

「ニュ、ニューフィールド家から追放！」

だがそうなると……

「ですので、リックとエミリア様の婚約は解消させていただきたく……」

――リックはもう貴族ではないということ？　さすがに父も私が平民と婚約することは認めてくれないわ。まさかニューフィールド家がこんなに早く手を打ってくるなんて、迂闊《うかつ》だったわ。

「ですがせっかく結ばれた、ルーンセイバー家とニューフィールド家の縁《えん》。リックの代わりに私と婚約していただきたく馳《は》せ参《さん》じました」

「ねえあなた……」

「リ、リックはそれでどこへ行ったの？」

リックがいなくなったショックで、エミリアの目の焦点は合っていなかった。

しかしこれだけは聞いておかないと後悔すると考え、彼女は声を振《ふ》り絞《しぼ》る。

「リックですか？　ドルドランドから逃げるように西へと向かいました」

本当は逃げるようにリックから離れたのはデイドだが、デイドはエミリアに弱いところを見せたくないので強がりを言った。

「そう……」

「それで……私との婚約は考えていただけるのでしょうか？」

リックごときがエミリア様と婚約することができたんだ、俺ができないはずがない、とデイドは自信に溢れていた。

「セバス……この方はお帰りになるわ」

「承知しました。ではデイド様……お帰りはあちらになります」

セバスはデイドに部屋から出るよう促《うなが》す。

「えっ？　あっ？　ちょっと！　婚約の件は……リックごときより私の方がエミリア様に相応《ふさわ》しいと思います」

デイドがこのまま黙って出ていくなら、エミリアも大人しく彼を見送ろうと思っていた。だがデイドが自分の方がリックより上だと発言したことで、エミリアの中で何かが切れた。

「あなたが私と婚約？　それは自分の顔を見てから言いなさい！」

「えっ？」

エミリアは殺気を含んだ目でデイドを睨む。

デイドは突如変貌《へんぼう》した令嬢に驚き、思わず声をあげた。

「あなたは見た目だけではなく心も汚れているわ！　家族が傷ついて帰って来たのに労《いたわ》るどころか追い出すなんて……二度と私の前に現れないでちょうだい！」

――私もリックに頼って欲しくて、ニューフィールド家から勘当されると本人に言ったけど、まさか本当に実行するだなんて。こんな豚に構っていられない。今は一秒でも時間がおしい。

「エミリア様！　必ず私が幸せにしてみせます！　ですから……」

「セバス！」

エミリアが声をあげると、セバスは瞬時にデイドのふくよかな腹部に拳を放つ。するとデイドはなす術もなく気絶し、その場で取り押さえられた。

「この豚はどこかに棄《す》てておきなさい。それより一刻も早くリックの居場所を調べて！」

「はっ！　承知いたしました」

◇　◇　◇

俺と母さんはドルドランドを出て、街道を西へと進んでいた。

途中の村で一泊すると、ちょうどジルク商業国に向かう馬車を見つけたので、銀貨十枚を支払い乗せてもらうことにした。ちょっと痛い出費だが、背に腹は代えられない。

この世界、エールドラドは魔物が蔓延《はびこ》っていて、街や村の移動はとても危険なものだと言われている。そのため、冒険者として魔物を生み出すダンジョンや集落を多く浄化すると、国に勇者認定されて様々な特権を得られる。たとえば、武器や防具が格安で購入できる他、宿への宿泊は無料だ。非常時には、公爵以上の権限が与えられることもある。

ちなみに日本の通貨と比べると、銅貨一枚は百円。銀貨は一万円。金貨は百万円。白金貨は一億円だ。だから銀貨十枚は高額ではあるが、母さんの安全を考えると安いものだ。

「リックちゃんごめんなさい。私の分のお金まで払わせて……」

「母さん、俺達は親子だろ？　そんなこと気にしないでくれ」

最近魔物が増え、異常な活動をしている。

ハインツ達に裏切られた誘いの洞窟でも、前もって手に入れた情報では、ミノタウロスは一匹のはずだった。だが突然十四も召喚され、死にそうになったのだ。どんな時でも用心するにこしたことはない。

「坊主の言う通りだ。最近この辺りも魔物が増えてきた……あんたら馬車に乗って正解だよ」

今話しかけてきたのは、この馬車の所有者であるトーマスさんだ。

「そうだぜ！　護衛で俺達もいるからな」

そう言ったのはBランク冒険者のパウロさん。

他に仲間の方が四人いて、馬車の前後左右を護衛してくれている。

Bランクの冒険者か……一応、俺も少し前まではSランク冒険者だった。

冒険者のランクにはSSランクからFランクまであり、依頼の達成状況によってランク分けされる。

Fが一番下のランクで、SSランクになると単独でダンジョン攻略ができるレベルらしい。しかし今までSSランクに認定された者はいないようだ。

ちなみに勇者パーティーのメンバーは自動的にSランクに認定されるけど、今の俺って何ランクになるのだろう？　勇者パーティーを抜けたからSランクじゃないことは確かだ。そうなると最底辺のFランクか……何かちょっとショックだな。

「このまま人類は魔物にやられてしまうのかねえ」

トーマスさんがため息をつく。

「そうだなあ。俺達は儲《もう》かるからいいが、こうも多忙だとそのうち倒れちまいそうだぜ」

「あなた達に倒れられたら俺達が困るよ」

魔物が多いこのご時世、商人は冒険者がいなくては街の外を出歩くことは難しいだろう。

「勇者様が早く魔物を滅ぼしてくれればいいのにな」

勇者……その言葉を聞くと、どうしてもハインツ達の顔を思い浮かべてしまう。

もう忘れろ。そう思っていても、リックとしての記憶が奴らのことを忘れさせてくれない。

「確かグランドダイン帝国の第二皇子であるハインツ様が勇者で、いくつかのダンジョンを攻略してたな。この調子でもっと頑張ってほしいものだ」

トーマスさんの口から、ピンポイントでハインツの話題が出た。

「それってリックちゃんがいた……」

母さんも俺がいた勇者パーティーのことだと気づいたようだ。

「トーマスさんよ。その情報はちょっと古いぜ」

「古いとはどういうことですか？」

「そのハインツ皇子の勇者パーティーだが、二回連続でダンジョン攻略に失敗したらしい」

「それって本当ですか！」

「お、おう。どうしたいきなり話に食いついて」

パウロさんが口にした勇者パーティーの話に驚き、思わず割って入ってしまった。

ハインツ達がダンジョン攻略に失敗？

一回目はミノタウロスが十匹出てきた時だな。

その次も失敗なんて、俺の代わりに入った神聖魔法を使う娘との連携がうまくいかなかったのだろうか。

「すみません。それでハインツ皇子のパーティーはどうなったのですか？」

「あ、ああ……その二回の失敗のことを聞いて、公爵家がクレームを出しているらしい。大事な娘をそんなパーティーに入れておけないと」

公爵家というとサーシャの父親だ。

以前サーシャが、父親は自分が旅に出ることに反対していると言っていた。

「それで今、三回目の挑戦をしているらしい。噂だともし今回ダンジョン攻略に失敗したら、勇者の認定を取り消されるようだぜ」

「そうですか……」

正直な話、何がうまくいっていないのかわからない。

だが、今の俺にとっては、勇者パーティーの認定なんてどうでもいい。

ハインツ達は俺を殺そうとしたんだ……むしろいい気味だ。

ダンジョンの最深部にあるコアを破壊しないと、魔物の発生を食い止めることはできない。そういえば創聖魔法に目覚めた時、ミノタウロスは倒したけどコアは壊してなかったな。

俺がざまぁみろと思っている間に、馬車はリズムのいい音を立ててジルク商業国へと向かっていった。

◇　◇　◇

暗闇の洞窟の中、元騎士であるレイラを先頭に、ハインツ達は誘いの洞窟の最深部を目指していた。

「くそっ！　前回はミノタウロスと戦うどころか、洞窟の最深部まで行くこともできなかったぞ！　お前らちゃんと戦っているのか！」

リックをパーティーから追放した後、ハインツ達はリディアを迎え入れ、再度誘いの洞窟に挑戦した。しかし、魔物に阻まれて撤退《てったい》したのだ。

「ハインツ様申しわけありません～。前回は身体の調子が悪くて～、思うように動けませんでした～」

フェニスはハインツをこれ以上怒らせないようにと頭を下げる。

「私もそう感じました。もしかしたら魔物討伐で多忙だったせいで、疲れが溜まっていたのかもしれません」

レイラは冷静な声でフェニスに同調する。

「そんなことが言いわけになるか！　次に失敗したら、俺は勇者の称号を剥奪《はくだつ》されるんだぞ！　そうなったら次期皇帝の座が……」

グランドダイン帝国の次期皇帝には第一皇子が指名される可能性が高いが、ハインツは勇者として名をあげて、自分が皇帝になろうと企《たくら》んでいた。しかしダンジョン攻略に二度失敗し、サーシャの父親である公爵に見限られようとしている今、ハインツにはもう後がない。

勇者の称号を剥奪されれば、ハインツが皇帝になる道は完全に絶たれるだろう。

「申しわけありません。私が皆様をうまく支援できなかったせいです」

リディアはハインツ達を全力でサポートしていたが、皆どこか違和感を覚えていた。

「お前本当に教会のエリートだったのか？　全然使えないじゃないか！　これならリックの方が……いやそれはないいな」

ハインツは思わずリックのことを言おうとしてやめた。

しかし、実はサーシャも同じことを考えていた。

リディアの神聖魔法の支援より、リックの補助魔法による支援の方が優れていると。

けれど補助魔法は神聖魔法の下に位置づけられている……そんなはずはない。サーシャは常識に囚《とら》われ、正しい判断ができていなかった。そもそも補助魔法使いは数が少なく、勇者パーティーの誰もが、リック以外の使い手と会ったことがなかったのだ。

全員が何かおかしいと感じながらも、ハインツ達は休憩《きゅうけい》を度々取りながら、なんとか誘いの洞窟の最深部の手前まで辿り着いた。

「くそっ！　初めはここまで簡単に来れたはずだぞ！」

ハインツの言っていることは正しい。リックがいた頃は、魔物に苦戦することなくここまで来れていた。今回は洞窟の途中で出現する魔物にすら手こずり、全滅する可能性もあったのだ。

「だがここまでくればこちらのものだ。油断しなければミノタウロスごときに負ける理由はない」

ハインツは以前最深部に来た時にミノタウロスを一撃で倒したため、どれだけ魔物が現れようが殺れるという自信があった。

一方サーシャは、自分を含めたパーティーの不調を思い、本当にこのまま進んでもいいのかと迷っていた。しかし今のハインツ皇子は何を言っても聞いてくれないだろうと諦め、不安なまま足を進める。

最深部に突入すると、前回同様一匹のミノタウロスが待ち構えていた。

「お前を殺せば仲間が来るんだろ！　リディア！　支援魔法で俺の力とスピードを上げろ！」

だがハインツの思いとは裏腹に、リディアは魔法を唱えることができなかった。

「無理です……枢機卿《すうききょう》でないと同時に二種類の支援魔法をかけることなどできません……次の支援魔法をかけるのに、せめて十秒は時間をください……」

ハインツは……いや、他のメンバーもリディアの言葉が理解できなかった。

何故ならリックは同時に複数の支援魔法を使っていたからだ。

しかし、ミノタウロスは勇者パーティーが思考する時間など与えてくれない。

ミノタウロスは片手に斧を持って、前に出ていたハインツの方に接近していた。

「ちっ！　ならパワーだけでいいから上げろ！　一撃で殺してしまえばスピードなどなくても！」

「わ、わかりました。クラス5・猛威魔法《レイジ》」

ハインツは、リディアの支援魔法を受けながら剣を上段に構え、飛び上がる。

「くっ！」

ハインツはリディアの支援魔法にやはり違和感を覚えていた。

いつもならこの倍は力を出せるはずだが、何故か身体が思うように動かない。

だがミノタウロスはもう目の前にいる。このまま攻撃するしかない。

ハインツが大気中のマナを集めると、剣が輝いた。

「行け！　マナブレイク！」

ミノタウロスは、ハインツが上段から振り下ろした剣に対して、斧で防御の体勢を取る。

「勝った！」

前回もミノタウロスは斧で剣を受け止めようとしたが、マナブレイクで簡単にへし折ることができた。斧を破壊したらそのまま腹を串刺しにしてやる。

ハインツは脳内でそのような未来を描いたが、ミノタウロスは振り下ろされた剣を斧で難なく受け止めた。

「バカな！」

そして、勝ったと決めつけていたハインツの顔面に、ミノタウロスの拳が放たれる。

ハインツは油断していたこともあり、もろにミノタウロスの拳を顔面に食らうと、洞窟の壁まで吹き飛んだ。

ミノタウロスはとどめを刺すため、ハインツに猛然《もうぜん》と迫る。

「ひぃっ！　リ、リディア！　シールドで俺を守れ！」

ハインツはマナブレイクを破られたことによって戦意を失ってしまい、リディアに自分を守るように命じた。

「ク、クラス５・暴風盾魔法《ストームシールド》」

リディアの魔法によって暴風の盾がハインツの前に現れ、ミノタウロスの斧を阻む。

「よ、よし！」

ミノタウロスの攻撃を防いだことで、ハインツに少し余裕が生まれたが、それは一瞬のことだった。暴風の盾は徐々にミノタウロスの斧に押され、消えていく。

「お、おい！　やめろ！　やめてくれ！」

だがハインツの願いも虚《むな》しく、暴風の盾は四散してしまった。

ミノタウロスの斧がハインツの右肩に食い込む。

「ぐぁあぁぁぁっ！」

ハインツはあまりの激痛に声をあげてのたうち回った。

「皆様、ここは退きましょう！」

サーシャはハインツが重傷を負ったのを見て、即座に撤退を決断する。

「承知しました」

「わ、わかったよ〜」

「わかりました」

サーシャの言葉に、三人は賛成の意を唱えた。

「私とフェニスさんは攻撃して、ミノタウロスの注意を引きます。その間にレイラさんはハインツ皇子を。リディアさんは撤退しながら、ハインツ皇子に回復魔法をかけてください」

一行はサーシャの指示に従い無我夢中で逃げたおかげで、なんとか誘いの洞窟から脱出することに成功した。


グランドダイン帝国の南西部にある、ソルトリアの宿泊施設にて。

ガシャン！

「くそっ！　なんで俺がこんな目に！」

ミノタウロスの斧で右肩を負傷し、ベッドで横になっているハインツは、苛立ちのあまりコップを壁に投げつけた。

「お、皇子……落ち着いてください」

「そ、そうだよ〜……今は休んで次また頑張りましょ〜」

レイラとフェニスは、激怒するハインツをなんとか宥《なだ》めようとする。

「リディア！　なんだお前の神聖魔法は！　支援魔法を二つ同時にかけることも、魔法のシールドでミノタウロスの攻撃を防ぐことも、俺の傷を完全に治すこともできないとはどういうことだ！」

「も、申しわけありません……ですが神聖魔法でできることにも限りがありまして……」

「お前！　俺のパーティーに入れてやったのに口答えするつもりか！」

「い、いえ……そのようなことは……」

ハインツは、ダンジョン攻略の失敗は自分のせいではなく、他のパーティーメンバーが使えないせいだと決めつけていた。

「ハインツ皇子、いい加減にしてください！　あなたはまだわからないのですか？　リック様がいらっしゃらないからダンジョン攻略に失敗したということが」

喚き散らしている子供のようなハインツを見て、サーシャが苦言《くげん》を呈《てい》す。

「はっ？　サーシャ、お前は何を言ってるんだ？　そんなわけないだろ」

「そうですよサーシャ様～。たかだか補助魔法使い一人がいなくなったところで……それに彼はよくMP切れも起こしていましたし～」

しかしハインツもフェニスもサーシャの言葉に耳を傾けない。

「リック様がMP切れを起こしていたのは、魔力が高い証拠です」

魔法の使用可能回数はMPの保持量によって決まるが、魔法の威力は魔力によって決まる。

魔法は魔力が強い者が使えば、それだけ効果が期待できるが、ＭＰの消費量も多くなる。もちろん制御方法を学べば消費量も調整できるが、リックはそれを知らずいつも全力を出していたのだろう。リックの補助魔法が、通常の支援魔法と比べて何倍もの効果があったのはそのためだ。

「リディアの神聖魔法がクソなだけだろ？　リックの支援魔法では力が二倍以上になった。だがリディアの支援魔法では、せいぜい一・五倍くらいにしかなっていない。ということは補助魔法に劣《おと》るリディアの神聖魔法のせいで、ダンジョン攻略に失敗したんだ」

「お、お言葉ですが……上級者が神聖魔法で支援魔法をかけて一・五倍のバフが得られるのは普通のことで……それに皇子が負った傷を瞬時に治すなど、教会でも枢機卿にしかできないことです」

サーシャもリディアと同じ考えを持っていた。

自分達は今まで当たり前のようにリックの支援魔法を受けていたけれど、それは実はとても幸運なことだったのではと……

だが時間は戻らない。

リックはこのパーティーにはもういないのだから。

「ふざけるな！　補助魔法使いごときのおかげで、魔物を討伐できていたというのか！」

リディアの言葉を聞いても、ハインツは自分の過ちを認めることができずにいた。リックのことを蔑んで追放したのはハインツだからだ。

「一般的な補助魔法使いの支援魔法では、力が上がると言ってもせいぜい一割程度のはずですが……どうやら私はこのパーティーでは役立たずのようですね。次に神聖魔法使いをパーティーに入れる際には、枢機卿レベルの方がいいと思います」

そう言ってリディアは頭を下げ、部屋から出ていく。

「あいつ勝手に！」

ハインツは一瞬怒りの表情を見せたが、すぐに冷静になる。

「だがまあいい……奴はリックと同じ使えない駒《こま》だから、俺のパーティーには不要だ」

駒という言葉を聞いたレイラとフェニスは、身体を震わせる。

自分達も使えなくなったら、リックやリディアと同様にハインツに捨てられるのではないかと思い始めたのだ。

重苦しい空気の中、サーシャもハインツに背中を向けた。

「サーシャ！　お前どこへ行く！」

「どこへと申されてもハインツ皇子はおわかりでしょ？」

ハインツは、三度目のダンジョン攻略に失敗したら、公爵家よりサーシャをパーティーから外すように言われていたことを思い出す。

「待て！　お前に出ていかれたら俺は！」

皇帝になるための後ろ盾がなくなる！　ハインツは、思わず本音を漏らしそうになった。

ハインツは、先程よりはるかに必死になってサーシャを呼び止める。

しかしサーシャの足が止まることはない。

「あなたのリック様に対する仕打ちは酷過ぎました。とても人の上に立つ者の姿には見えません」

「なんだと!」

「私も今日限りで勇者パーティーを抜けますから」

そう言い残し、サーシャは部屋を出ていった。


ハインツの部屋を出たサーシャは、これまでのハインツの行動を報告するため、王城へと足を向ける。皇帝から勇者パーティーに入り、ハインツが皇帝の器かどうか探るように命じられていたのだ。

これまでの旅でハインツの素行《そこう》の悪さは際立っていたため、その器ではないと報告するつもりだ。特にリックに対する扱いを思うと、今でも怒りが湧いてくる。

「この任務が終わったら何をしましょうか」

この後の予定は決まっているが、あえてサーシャは言葉にしてみた。

――リック様に会いに行こう。リック様に会って言わなければならないことがある。いくら理由があったとはいえ、勇者パーティーから追放してしまったことを謝りたい。それにリック様とエミリアの婚約が破棄されるのではと噂で聞いた。それなら私にも……

サーシャは秘めた思いを胸に、リックに会いに行くための準備に取りかかった。

◇　◇　◇

パウロさんから勇者パーティーの話を聞いた後、馬車は一日かけてグランドダイン帝国とジルク商業国の国境に辿り着いた。

国境には門があり、基本犯罪者でなければそのまま通ることができる。しかし、グランドダイン帝国の貴族は、国の許可がない限り他国に渡ることを禁じられている。

俺がもし貴族のままだったら通ることができないが、ニューフィールド家から追放されたのだから、問題ないはずだ。

そして貴族であるニューフィールド一家やエミリア、ハインツは、簡単にはジルク商業国に来ることができない。つまり、ほぼ完全に奴らの手から逃れられるのだ。

「では次！」

門番に呼ばれたので、俺と母さんは台帳に名前を書く。

「リックとメリスか……リック？　どこかで聞いたことがあるような……」

おそらく勇者パーティーにいた頃の俺の噂を聞いたんだろう。

「ハインツ皇子とパーティーを組んでいましたから。それとつい最近家から縁を切られて……」

「あっ！　ああ……なるほど……それでか」

隠していると変に疑われる可能性があるので、先に自分から勇者パーティーとニューフィールド家について話すことにする。

「それは……その……」

門番の人が何か言い淀《よど》んでいる。俺、別に怪しまれるような行動は取ってないよな？

「……大変だったね」

なるほど……門番の人が何を言いたいのかわかった。

この人はハインツやゴルド達がどんな奴か知っているんだ。

それで同情の言葉をかけてくれたのだろう。

「ええっと……心配してくれてありがとうございます」

「ああ……ジルク商業国へ行っても頑張ってな」

「はい」

こうして俺と母さんは門を潜り抜け、ジルク商業国に入国した。

「よし！　このままズーリエに行くから、早く乗った乗った」

俺と母さんは、先に入国していたトーマスさんやパウロさん達の馬車へ乗り込んだ。

トーマスさんから聞いた話だと、母さんの実家があるズーリエにはあと三時間程で到着するらしい。

このまま座っていれば目的地に着くのか。

俺は不意に、ハインツ達と旅をしていた時を思い出した。

あの時は常にこき使われてたな。荷物運びはもちろん、夜中にあれが食べたいだの、夜の見張りは嫌だだの（サーシャだけは見張りをしてくれたが）ホントよく我慢したよ。

だから、たまにはこんなにのんびりした旅もいいかも。

「ふぁ～ぁ」

馬車の揺れが心地よくて思わず欠伸《あくび》をしてしまう。

「リックちゃん、寝る？」

「あ、うん。そうしようかな」

ズーリエの街まではまだ時間がかかる。

俺は今自由なんだ。昼寝してもバチは当たらないだろう。

母さんが自分の肩をトントンと叩き、寄りかかっていいよと言ってくれたので、俺はお言葉に甘えて体重を預けることにした。

そして一時間程眠った後。

馬車が慌《あわ》ただしく動き始めたので、俺は目を覚ました。どうやらここは森の中のようだ。

「こいつはヤバいぞ」

パウロさんがトーマスさんに神妙な顔で話しかけている。

「どうしたんですか？」

二人のただならぬ雰囲気を感じて……二人？　自分の肩に視線を向けると、母さんは俺の肩に寄りかかって眠っていた。

こんな騒ぎの中でも寝てるなんて、よっぽど疲れているのかな？　それなら母さんにはゆっくり休んでてもらおう。

俺は床に毛布を敷き、母さんを優しく横たわらせてから振り返った。

「すみません。それで何かあったんですか？」

「あ、ああ……外を見たまえ。どうやら盗賊がいるようだ」

「盗賊！」

俺は馬車から身を乗り出す。すると、木があってハッキリとは見えないが、数頭の馬に乗って俺達の馬車と並走している奴らが見えた。

「パウロさん！　なんとかなりそうですか」

「相手はこっちの倍の人数がいる。戦って勝てないことはないが、下手をするとトーマスさん達を守れない可能性があるぞ」

「そ、それは困ります！　それなら逃げましょう」

「そうだな。それが得策か」

パウロさんが、馬車の周囲を護衛している仲間に戦わず逃走することを伝える。

「ん？　だけど変じゃないですか？」

盗賊達は一向に近づいてくる様子がない。それどころか、俺達の方を見ていない気が……

あれはもしかして！

「盗賊達は俺達を追っているんじゃなくて、別の馬車を追っているんだ！」

「「なに！」」

その時ちょうど馬車が森を抜けた。視界を邪魔するものがなくなる。

するとやはり俺の見立て通り、盗賊達は先を行く一台の馬車を追いかけていた。

「これはチャンスだ！　今のうちに逃げましょう」

「そうだな。可哀想だが、それが最善の策だ」

トーマスさんとパウロさんは、追われている馬車を囮にして逃げる案を口にする。

この世界は皆生きることに必死で余裕がなく、周囲を助けようとする者は滅多にいない。

余計なトラブルに巻き込まれないようにするのが、この世界では正しい。

「あの馬車は御者《ぎょしゃ》がいない！　追いつかれるのは時間の問題だぞ」

パウロさんの言う通り、盗賊に追われている馬車を運転している者は誰もいない。このままではいずれ転倒するか、盗賊に追いつかれるだろう。

「だ、誰か助けてください！」

だがその時、追われている馬車から女性らしき声が聞こえた。目を向けると、馬車から誰かがこちらに向かって手を振り、助けを求めている。

「助けてやりたいのは山々だが……」

「もしあの馬車に近づいたら俺達も盗賊達に……」

パウロさんとトーマスさんの逃げるというスタンスは変わらないようだ。

だが、俺は助けを求めている人を見捨てることなんてできない。

これは元々あるリックの気持ちなのか、それとも前世のリクの記憶のせいなのかわからないが、今の俺には力がある。その力を今使わないでいつ使う！

「俺……あの馬車にいる人を助けに行きます」

「何を言ってるんだ！　盗賊が馬車に追い着くのも時間の問題だぞ！　もうあの人は助からない！」

「ですがパウロさん！　あの人はまだ生きて助けを求めています！」

「それは……」

パウロさんは言葉をつまらせる。

「だがどうやってあの人を助ける！　この馬車や馬を貸すことはできないぞ」

確か馬は全力で走ると、時速六十キロメートル程のスピードだったはずだ。

それなら……

「走っていきます」

「は、走って!?」

パウロさんとトーマスさんは驚いているようだが、もう説明している暇はない。

盗賊の一人が馬車に取りつき、中にいる女性を襲おうとしているのだから。

「クラス2・旋風《フウァールウインド》創聖魔法《ジェネシス》、クラス2・剛力創聖魔法《クラフトジェネシス》」

二つの創聖魔法を自分自身にかけると、俺のスピードとパワーが強化された。

「では行ってきます」

俺は二人に挨拶して馬車から飛び降り、地面に着地する。

「えっ？　ちょっと待て。今の魔法は……それに、違う魔法を連発した……だと……」

パウロさんが何か言っていたが、馬車から飛び降りて走り出した俺には風の音しか聞こえない。

俺は盗賊が取りついた馬車に向かって全力で走り、一瞬で追いつく。

創聖魔法をかけた今の俺なら、馬より速く走ることが可能だからな。

そして俺は後ろから馬車に飛び乗ると同時に、女の子の方に手を伸ばしている盗賊の顔面に向かって、蹴りをお見舞いした。

盗賊は俺の攻撃をまともに食らい、馬車の外へ吹き飛ばされて地面を転がっていく。

「大丈夫ですか？」

女の子はこちらを振り向いたが、返事がない。

盗賊に襲われた恐怖で声が出ないのか？

ん？　この女の子を見ていると何か不思議な感じがする。どこかで会ったことがあるような……

しかしリックの記憶を呼び起こしてみても覚えがない。初めて会う人だということは間違いないだろう。

それにしてもこの女の子……童顔だけど、サーシャやエミリアと並ぶくらい可愛いな。

さっきの不思議な既視感は、この子の可愛さのせいなのか？

ガタッ！　ガタッ！

だが今はそんなことを考えている余裕はなさそうだ。御者がいない馬車は、今にも壊れそうな程激しく揺れている。

「すみません！　馬車から飛び降りますけどいいですか？」

俺が女の子に話しかけると、返事はなかったが頷いてくれた。

まさかこの子は喋れないのか？　いや、でもさっき助けてくださいって言ってたよな。

気になるが、今はそれどころではない。この状況をなんとかするべく、俺は後ろから女の子の脇の下と膝の裏を抱きかかえた。

「きゃっ！　これって……」

あっ、声を出した。やっぱり喋れないわけじゃないみたいだ。

女の子が何か言いたそうにしているが、とりあえず今はやるべきことをやろう。

「行きます」

俺は女の子を抱えて馬車の外にジャンプし、地面に着地する。

多少足に衝撃があったが、この世界の俺なら問題ない範囲だ。

俺達が乗っていた馬車はそのまま走り去ってしまい、代わりに馬に乗った盗賊達が迫ってきた。

「助けていただきありがとうございます。ですがこのままではあなたまで盗賊達に殺されてしまいます」

珍しいな。俺はこの状況でも自分のことより、人のことを心配する女の子に驚いた。それだけでこの子の人柄がわかる。

この優しい子を盗賊達に殺させるわけにはいかない。

「大丈夫……後は任せてくれ。クラス２・風盾創聖魔法《ウインドシールドジェネシス》」

創聖魔法を唱えると、俺達を包むように風のバリアが展開された。これで前後左右、どこから攻撃が来ても防ぐことができるはずだ。

「これって補助魔法ですか？　でもこんな魔法、見たことがないです」

女の子が俺の魔法に驚いている間に、盗賊達が追いついてきた。

「誰だてめえは！　殺されてえのか！」

悪党らしい言葉を吐いた盗賊達が馬を降りて剣を抜き、俺達を取り囲む。

「野郎共！　やっちまえ！」

問答無用ということか。

俺が腰に差した剣を構えると、盗賊達は全方位から斬りつけてきた。

「きゃあぁぁっ！」

女の子は頭を抱え悲鳴をあげる。だが、盗賊達の剣は風の盾に当たりキィィンッという音を立てた後、それ以上進むことができず止まった。

「えっ？　なんとも……ない……」

女の子は剣が風のバリアのところで止まっているのを見て、自分に到達していないことを認識する。

「な、なんだこれは！　剣が通らねえ！」

「まさか魔法か？」

盗賊達は俺と女の子を仕留められると確信していたのか、攻撃を防がれたことに驚いている。

今だ！

俺は盗賊達の戦意を奪うため、風のバリアで受け止めた武器を狙って剣をなぎ払う。

すると、支援魔法で強化された俺に力負けした盗賊達は剣を握っていられず、剣は全て明後日の方向へ飛んでいく。

「いてえっ！　なんだこのバカ力は！」

「手が痺《しび》れて剣が持てねえ」

残ったのは武器を持たず、手も痺れて使えない盗賊達だけ。

俺は一人ずつ拳を顔面にお見舞いして気絶させる。

そしてこの場に立っているのは俺と女の子だけになった。

「あ、あなたはいったい……ひょっとして勇者様ですか？」

「はは……俺は勇者なんかじゃないよ」

元いた世界でもこの世界でも、勇者といえば憧《あこが》れの存在……そんなふうに勘違《かんちが》いされるなんて光栄だと、以前なら思っていただろう。だけど今は、ハインツのような平気で人を切り捨てる奴と同列に扱われるくらいなら、勇者なんてごめんだと思ってしまう。

「助けていただきありがとうございます。私はズーリエで商《あきな》いをしている、ルナと申します」

ルナさんはお礼と自己紹介をしてくれた。

ん？　なんだ？　やけに視線を感じるけど気のせいか？

「俺はリックです」

「リックさんですか……失礼ですが、私とどこかで会ったことはありませんか？」

ルナさんが突然ナンパの決まり文句のようなことを言ってきた。

「たぶん初めてだと思う。ルナさんみたいな可愛い人を一度見たら、絶対忘れないと思うから」

「そ、そうですか……あ、ありがとうございます」

ルナさんは顔を赤らめてうつむいてしまった。

しまった！　つい言ってしまったけど、これだと俺がナンパしているみたいじゃないか！

でもさっきのルナさんの言葉……実は俺も同じようなことを思っていた。なんだかルナさんとは初めて会った気がしないいんだよな。

しかし自分で蒔《ま》いた種とはいえ、この空気をどうすればいいのか。

ルナさんは恥ずかしいのか、俺と視線を合わせてくれない。

「お〜い！」

俺が困っていると、タイミングよく背後からバウロさんの声が聞こえた。

振り返ると、トーマスさんの馬車がこちらへ来るのが見えた。

助かった！　とりあえずこれでこの微妙な空気が変わるはずだ。

だがよく見ると、パウロさんが必死な形相をしていることに気がついた。

「後ろだ！」

後ろ？

俺はパウロさんの叫び声と同時に振り向く。すると、初めに馬車から蹴り落とした盗賊がルナさんに迫っていた。

「小僧、よくもやりやがったな！　だが依頼は達成させてもらうぞ！」

盗賊はルナさんの胸に短剣を突き刺そうとしている。

「きゃぁぁ！」

ルナさんが叫んだ瞬間、俺は咄嗟《とっさ》に横一閃に剣を振り抜き、盗賊の首を斬り落とした。

「がっ！」

盗賊の胴体と首が分かれ、地面に落ちる。

「大丈夫か、リック！」

パウロさんが、馬車を降りてこちらに駆け寄ってきた。

「助けていただき、ありがとうございました」

ルナさんがパウロさんにお礼を言う。

「いや、俺は声をかけただけで。それよりすげえな……これ全部リックがやったのか？　とりあえず、気絶している奴らは俺達が捕縛しておくぜ」

パウロさんと護衛の人達は、縄で盗賊達を縛り上げていく。

だが俺はこの時、パウロさんが来たことも話したことも、何も頭に入ってなかった。

俺の目は、俺が首を斬り落とし、絶命した盗賊に釘付けだった。

「お、俺……人を……」

日本にいた頃に誰かを殺したことなどない。

悪人とはいえ、俺は今初めて人を殺してしまった。

向こうが襲ってきたので正当防衛が成立するとは思うけれど、それでも一つの命を奪ったことに変わりはない。

この世界では当たり前の出来事でも、リクにとっては非日常の光景だ。

「はあ……はあ……」

息が苦しい……ここではこれが普通のことだ……殺らなければ自分が殺されていたぞ。

くそっ！　手も震えてきた。前から思っていたけど、やはり俺はリックよりリクとしての人格の方が強いみたいだ。

今はもう敵がいないからいいけど、今後人を殺す度にうろたえていたら、いつかそれが命取りになるぞ。

しかしどんなに自分に言い聞かせても、手の震えは止まらない。

だがそのような恐怖の中、俺の両手が突然温もりに包まれた。

すると何故か息が整い、手の震えも止まった。

「ルナ……さん……」

そう、ルナさんが俺の両手を優しく握ってくれたのだ。

「人を……人を殺めたのは初めてですか？」

「あ、ああ……情けないだろ。こんなに取り乱して。生きるために盗み、騙《だま》し、利用し、そして人を殺すことが当たり前にある世界なのに……」

正直に告白すると、俺の手を包むルナさんの両手に一層力が入ったように感じた。

「そのようなことはありません……確かにリックさんが言うように、ここは人の命を奪うことが当たり前の世界です。ですが、だからと言って、命を平気で奪うような人を……私は軽蔑《けいべつ》します」

俺は凛《りん》としたルナさんの表情に視線を奪われる。

「それに、私を守ってくれた人を情けないなんて思うはずがありません」

そうだ。確かにこれからも、人を殺さなくてはならないことがあるかもしれない。

さっき盗賊に襲われた時も、もし動くことができなかったら、たぶんルナさんは殺されていた。

そのことを考えると、手が震えるどころじゃない。一生後悔の念に悩まされるだろう。

だが、自分の思うがままに人を殺したら、それはただの殺人者と同じだ。

だから命を奪うにせよ奪わないにせよ、信念を持って行動しないとダメだ。

ルナさんのおかげで心の整理がついた。

俺はまっすぐに前を見つめる。

「ありがとうルナさん。もう大丈夫です」

「お役に立てたならよかったです」

ルナさんは俺が立ち直って安心したのか、笑顔を見せてくれた。

だが歩き出そうとしてふらついていたので、俺は咄嗟に彼女を支える。

「ご、ごめんなさい……偉そうなことを言っていた私の方がダメみたいですね」

ルナさんは足に力が入らないのか、俺にもたれ掛かってきた。

そうだよな。

俺と同い年くらいの女の子が、盗賊達に殺されそうになったんだ。怖くないはずがない。

それなのに、震えている俺を励《はげ》ましてくれたなんて……俺は本当に情けないな。

「すみません。すぐに立ちますので……」

しかし一向に立てる気配がない。

むしろ俺に寄りかかる力が強くなったような気がする。

「ルナさん、失礼します」

俺は先程と同じように、ルナさんの脇の下と膝の裏に手を入れて抱きかかえる。

「きゃっ！」

ルナさんは可愛らしい悲鳴をあげ、身体を強張《こわば》らせた。

「お姫様だっこ……ですね」

ルナさんが囁く。気にしないようにしていたけど、改めて指摘されると恥ずかしい。

「と、とりあえずこのままトーマスさんの馬車に運ぼうと思っていますが、降ろした方がいいですか？」

「い、いえ……このままがいいです。ではなくてこのまま運んでください！」

このままがいいって……そんなことを言われたら一生持っててあげたくなっちゃうぞ。

俺は頬《ほお》を紅潮《こうちょう》させたルナさんを抱えながら、馬車に向かった。

「んっ……」

そして俺がルナさんを連れて馬車の中へ入ると、ちょうど母さんが目を覚ましたところだった。

あれだけの騒動《そうどう》があったのに寝ていられるなんて……母さんは肝が据《す》わってるな。

「えっ？」

俺達と目が合うと、何故か母さんは驚いた顔をしてこちらを見てくる。

「私が寝ている間にリックちゃんがお嫁さんを連れてきた！」

「違うから！」

我が母ながらとんでもないことを言い始めたな。

俺がルナさんをお姫様抱っこしているからなんだろうけど。

「ひ、一目惚れってやつかな？　それとも一夏のアバンチュール？」

アバンチュールっていつの言葉だよ！

母さんの誤解《ごかい》を解くために、この後俺とルナさんが苦労したことは言うまでもない。

# 第五章　リックを守る二人の少女の奮闘

グランドダイン帝国、玉座の間にて。

リックが盗賊からルナを助けた頃、グランドダイン帝国では大きな動きがあった。

「ハインツ皇子のこれまでの功績は、同じパーティーであるリックの働きが大きいのは明白です。現にリックがパーティーを去ってからは、同じダンジョンで以前のように進むことができず、撤退を余儀なくされています」

帝国の最高権力者である皇帝との謁見《えっけん》を許されたサーシャは、勇者パーティーやリックのことについて報告していた。

「そのような者がおるとは……聞いた話とは大分違うな」

エグゼルト・フォン・グランドダイン……彼が生まれるまでは大した影響力もない一国家だったグランドダイン国を、武力でもって帝国へと発展させた男だ。齢《よわい》六十歳ながらその手腕は健在で、今なお権力の頂点に君臨している。

鋭い眼力と迫力ある姿に、並の者では恐怖で意見をすることすら敵《かな》わないだろう。

そのような皇帝に対し淡々と話すサーシャは、ただ者ではないことが窺《うかが》えた。

その凛とした姿を目にした上級貴族達は感嘆の声をあげ、彼女の美しさだけではなく能力も認め始めている。

「あれがフェルト公爵家の長女か」

「優れているのは容姿だけかと思っていたが、中々どうして……」

「しかも精霊魔法も使えるらしい」

だが皆がサーシャを褒《ほ》める中、一人の人物が苛立ちを見せていた。

「そして彼は勇者パーティーを外され、子爵家からも追い出され、現在は母親の生家があるジルク商業国へ向かっています。このまま彼を他国へ行かせることは、帝国にとっての損失になると思います」

サーシャは、謁見の前にリックが平民になってジルク商業国に向かったことを知り、あることを心に決めていた。

「ふむ……では余の命令で人を送るとしよう」

「いえ、それには及びません」

「どういうことだ」

「私に行かせてください」

サーシャは自らリックを迎えに行きたいと考えていた。

しかしいくら公爵令嬢とはいえ、許可もなしに他国へ渡れば死罪は免れない。そのためリックの有用性を皇帝に訴え、ジルク商業国へ行こうとしていたのだ。

だが、先程サーシャが褒められている時に苛立っていた者が、それを許さなかった。

「皇帝陛下……リックを連れ戻す役目は婚約者の私にお任せください」

上級貴族達の中から前に出たのは、エミリアだった。

エミリアはサーシャの隣に並び、膝をつく。

「婚約者である私以上に、リックのことを知る人物はおりません」

「元・婚約者でしょ」

「なんですって！」

二人は皇帝陛下の前だというのに、言い争いを始めてしまう。

公爵令嬢同士で仲がいいように思われがちだが、エミリアとサーシャ……この二人には深い因縁があった。

十二歳までは家族ぐるみの付き合いがあり、二人はとても仲がよかった。

だがそれは、二人がドルドランドの街を訪れたことで一変する。

二人は共にドルドランドの街で誘拐されかけ、リックのおかげで助かった。その時エミリアは、惚れたリックと結婚するためにいち早く動き、婚約者の座を手に入れたのだ。

しかし実はこの時、リックと婚約したがっていた者がもう一人いた。

それがサーシャだ。

幼い頃は恥ずかしがり屋だったサーシャは、すぐに行動することができなかった。しかし二日間リックについて考え悩み抜いた結果、父親にリックへの想いを伝えた。

だが、機先《きせん》を制したのはエミリアだった。

サーシャが油断していたのには理由がある。誘拐犯から助けられた後、サーシャはそれとなくエミリアにリックのことを聞いたことがあった。すると、エミリアは「一人で助けられないなんて未熟ね。私の夫になる人はあんなカッコ悪い奴じゃダメ」と答えていた。そのため、サーシャは婚約を急がずともよいと思っていたのだ。

しかし蓋《ふた》を開けてみれば、リックはエミリアの婚約者になっていた。

それからサーシャとエミリアは、顔を合わせる度にケンカをするようになったのである。

二人が言い争う中、皇帝陛下がリックの処遇を決断しようとした時、玉座の間に新たな乱入者が現れた。

「お待ちください、父上」

乱入者の正体はリックの父親のゴルドと兄のデイド、元勇者パーティーのレイラ、フェニス、そしてハインツ皇子だった。

「ハインツよ。そなたもここで意見をするというのか?」

「は、はい。恐れながら、サーシャのリックに対する見解は間違っています」

「ほう……聞こう」

ハインツは皇帝が話を聞くと言った瞬間、ニヤリと笑みを浮かべる。

「この私がダンジョンの攻略に失敗した理由は別にあります。それはリックがいなくなってから、パーティーの仲間達が戦いに手を抜き始めたからです」

「なっ！」

サーシャは開いた口が塞《ふさ》がらなかった。

――この人はダンジョンの魔物達に敵わなかったことを忘れたのでしょうか？　それに、咄嗟のこととはいえ、神聖魔法を使うリディアよりも、リック様の補助魔法の方が優れているとご自分でおっしゃっていましたのに。

そしてレイラとフェニスも、ハインツがダンジョン攻略失敗の責任を仲間に押しつけてきたことに驚いていた。

「ハ、ハインツ皇子……私は常に騎士として、全力であなた様を守るために戦ってきました」

「わ、私もです～」

二人は抗議をするが、ハインツは聞く耳をもたない。

「黙れ役立たず共！　お前達のせいで勇者の称号をなくしたんだ！　リックと同じように、お前らも俺のパーティーから追放するぞ！」

「そ、そんな……」

「酷いです～」

二人はハインツの言葉に愕然《がくぜん》とし、その場に崩れ落ちる。

「ふふ」

エミリアは、元勇者パーティーの醜態《しゅうたい》を見て笑っていた。

「無様ね……リックを追放するからこうなるのよ。いい気味だわ」

「エミリア……」

「言っておきますけど、貴女も同じ穴の狢ですから」

エミリアに指摘されたことは腹立たしいが、確かにその通りだ。

――私がリック様の魔法のすごさにもっと早く気づいていれば……そしてハインツ皇子の素行調査について、決められた期限まで待たず、早めに報告していれば、リック様が不当な扱いを受けることはなかったかもしれない。今さら後悔しても遅いですけど、悔やんでも悔やみきれないです。

でも……

「貴女に言われたくありませんね。リック様は貴女といると、休まる暇がないと口にしていましたよ」

「そ、そんなことないわよ！　リックは私といると、お風呂の中にいるくらいリラックスできると言ってたわ！」

――エミリアには、これくらい言い返しても罰は当たらないですよね。

ハインツは二人には構わず、皇帝陛下に向かって話し続ける。

「何故私がリックを追放したかと言いますと、奴にはジルク商業国の間者《かんじゃ》であるという容疑があったからです。詳しくはニューフィールド家の者が……」

そして今までハインツの後ろに控えていた、ゴルド子爵と息子のデイドが皇帝陛下の前に出る。

「リックの母親はジルク商業国の者です」

ゴルドはメリスの出身国について皇帝陛下に報告し、次にデイドが前に出た。

「奴はドルドランドの西へ……ジルク商業国へ向かっていきました。これはグランドダイン帝国の情報を伝えるためだと思われます」

「嘘です！」

「嘘よ！」

サーシャとエミリアが間髪を容《い》れずデイドの言葉を否定する。

「彼は不当に勇者パーティーから、そしてドルドランドの街から追放されたため、お母様の実家に戻られただけです」

「そうよ！　あなたがリックに暴行を加えようとして、返り討ちにされたことも知ってるんだから！」

エミリアはリックがドルドランドを去った後、どんな些細《ささい》な情報でもいいからと、リックに関することをセバスに調べさせていた。

「な、なんのことか私にはわかりませんね」

その動揺する姿だけで嘘をついている証拠になりそうだが、デイドにはハインツ皇子という強力な後ろ盾があるため、公爵令嬢達の言い分を認めることはしない。

ハインツとデイド……両者共、リックに対して憎しみに近い感情を抱いている。

ハインツは勇者パーティーに関する噂とダンジョン攻略失敗でプライドを傷つけられており、デイドはエミリアの婚約者の座を奪えなかったことや、リックと血を分けた兄弟であることが認められない。二人が手を組むのはしごく当然だった。

ハインツとデイドは、あわよくばリックを死罪にするつもりだったが、まさか公爵令嬢二人に反論されるとは思わなかった。だが令嬢達もリックがジルク商業国の間者かどうかの証拠は持っていないはずなので、このまま嘘を貫き通すことにした。

「皇帝陛下！　裏切り者には死を！」

「リックはそんな人じゃないわ」

「陛下……調べていただければどちらが正しいかわかります」

ハインツはここぞとばかりにリックを粛清《しゅくせい》することを提言し、エミリアとサーシャはリックを庇う。

「お前ら……このグランドダイン帝国の皇子である私が間違っていると言いたいのか？」

この国は身分が全てだ。

皇子という立場を笠に着られると、サーシャとエミリアは黙るしかなかった。

「静まれい！」

皇帝の一喝《いっかつ》で玉座の間の騒ぎが収まり、静寂が戻った。

「そのリックとやらが、ハインツとゴルド達の申すように反逆行為をしておるならば、断じて許すことはできん！　よってグランドダイン帝国から追放処分とする！」

「「へ、陛下！」」

サーシャとエミリアは、皇帝の決定に不服の声をあげた。

ハインツとデイドは死罪を望んだが、不名誉な処分ではあるのである程度満足した。

「リックが間者だとすれば、国内に内通者がいるかもしれん。リックからの手紙……いや、全ての情報をあらためよ」

リックが帝国から追放されるなら、疑いを晴らすため手紙で連絡を取ろうと考えていたサーシャとエミリアは、その手段を封じられ肩を落とす。

「だがサーシャの申す通り、リックが稀有《けう》な力の持ち主であったとしたら帝国の損失となる。よって調査を行い、間者でなかった場合は、追放処分を取り消すことにする」

サーシャとエミリアは皇帝の決定に安堵《あんど》した。

ハインツとデイドは不満だったが、皇帝の決定は絶対だ。二人は不服ながらも従うしかなかった。

「皇帝陛下……ではその調査の役目は私に命じてください」

サーシャはリックの潔白を晴らすため、調査役に立候補する。

「はあ？　あなた何言ってるの？　ポンコツのあなたにできるわけないわ。その役目は婚約者の私に決まってるでしょ？」

だが、エミリアも手を挙げた。

「ですから、元婚約者ですよね。それに貴女が行くとリック様が怖がってしまい、まともに調査することができないのでは？」

「それは……リックに強く当たってしまったことはあるけど……どこかの泥棒ネコが、人の婚約者にちょっかい出したりするからよ。だから私のものとわかってもらうために……」

「泥棒ネコはどちらでしょうね？　その気がない振りをしていつの間にか婚約者の座に収まっていた。これを泥棒ネコと言わず、何が泥棒ネコですか」

「元々リックは私のことが好きで、他の女なんて初めから眼中になかったんじゃないかしら」

二人はここが玉座の間であることを忘れて、再びケンカを始める。

「おいお前達何を勝手に……リックの調査は私が行うに決まっているだろう」

「ハインツ皇子は黙っててください」

「ハインツ皇子は黙ってて」

「なっ！」

二人はケンカしていたのが嘘のように声を合わせた。

「だいたいあなたは昔から陰険なのよ」

「貴女は我がままを言うのをやめた方がいいですよ」

「ええい！　黙れ！」

この言い争いに終止符を打ったのは皇帝であった。

「リックの調査には然《しか》るべき者を派遣する！　そなたらは黙って結果を待っておれ！」

そして皇帝は怒りも露《あら》わに玉座の間を出ていった。

# 第六章　主人公はトラブルに巻き込まれるもの

「そうだったの？　お母さんもおかしいと思ったのよね」

盗賊を倒した後、ルナさんを俺の嫁だと勘違いした母さんの誤解を解くために、三十分の時間を費《つい》やすことになった。その間にパウロさんがズーリエから衛兵を連れてきてくれたので、盗賊達をそのまま引き渡していた。

とりあえずこれで一安心だな。

これから俺達は、母さんの生まれ故郷であるズーリエに向かう。

しかし皆が出発の準備をしている中、一人だけ周囲をキョロキョロと見回し、何やら落ち着かない雰囲気の人がいた。

「気になることでもあった？」

「あっ……いえ……」

ルナさんの様子がおかしいので声をかけてみたが、歯切れが悪い。

「ルナさん……何か困ったことでもあるの？」

「いえ、ありま……せん」

何かあるって顔に書いてあるな。わかりやすい人だ。

大体予想がつくけど、これは自分からは言わないだろうな。

「たとえば……馬車とか荷物とか？」

商家の娘だって言っていたから、おそらく馬車に積み荷を載せていたのだろう。

積み荷がないと商売ができないからな。

ルナさんは俺に指摘されたことで隠すのを諦めたのか、事情を話し始める。

「すみません。盗賊から助けていただき、またお願いするのは申しわけなくて、言えませんでした。あの……リックさん達にもご予定があるかと思いますが、もし差し支えなければ私の馬車と積み荷を一緒に捜していただけないでしょうか」

ルナさんは俺達に向かって頭を下げる。

普通に考えたら、どこに走っていったのかわからない馬車を捜すのは困難だ。

トーマスさんとパウロさんは暗い顔をしている。

「お嬢ちゃん……それは難しいよ」

「そうだな。護衛の立場から言わせてもらうと、早くズーリエに向かいたい。暗くなると魔物が多くなるからな」

トーマスさんとパウロさんの言っていることは正しい。馬車を捜すのに時間がかかり夜になれば、自分達が魔物に襲われるリスクが高くなってしまう。

「そう……ですよね。ごめんなさい、無理を言いました。忘れてください」

ルナさんの家が裕福であれば、馬車や積み荷がなくても問題ないだろう。

だけど、この落ち込み方を見ているとそうじゃないことがわかる。

この様子だとルナさんは、一人で馬車を捜しに行きそうだな。

女の子一人で、魔物がいる平原で馬車を捜すなんて自殺行為だ。

なんだか不思議な感じがするルナさんを、このまま放っておくわけにいかない。母さんをちらりと見ると頷いていてくれたので、俺はルナさんの手伝いをすることに決めた。

「俺が一緒に捜しますよ」

「えっ？　でも……」

「トーマスさんとパウロさんには母さんをお願いしてもいいでしょうか」

「ああ……任せておけ！　俺がバッチリ守ってみせるからよ」

「さっきの盗賊達を倒したリックなら、魔物が現れても大丈夫だろう」

ズーリエまでは馬車で後一時間くらいだ。

護衛のパウロさん達がいれば、母さんを安心して任せられる。

「リックさん……」

ルナさんは、手伝ってくれて嬉しいけど申しわけない、という複雑そうな表情をしていた。

今までのやり取りでも思ったが、たぶんこの子は人にお願いすることが苦手なんだろう。

俺の中のリックも自分だけでなんとかするような奴だったから、ルナさんの気持ちがよくわかる。

「一人より二人って言うでしょ？」

「ありがとうございます。このご恩はきっとお返しします」


「リックちゃん、ズーリエの東門で待っているから」

母さんは少し心配そうな表情で、トーマスさんの馬車に乗りズーリエに向かった。

「さて、ルナさんの馬車を捜しますか」

しかしルナさんの反応はない。

「ルナさん？」

再度名前を呼ぶと、うつむいたままのルナさんが小さな声で答えた。

「……申しわけありません」

「いや、俺が勝手に残っただけだから気にしないで」

「今考えれば、この広い平原で走っていった馬車を捜すなんて無謀《むぼう》なことでした」

ルナさんは今にも泣きそうな表情をしていた。

「すみません……私の家は父が亡くなり、母と商会を守っていこうと頑張っていたのですが、うまくいかず……なんとか盛り返そうとドルドランドの塩を購入して、ズーリエに戻るところでしたが……」

盗賊に襲われてしまったというわけか。

でもそういえばあの盗賊、依頼がどうとか言ってたな。

「もしかしてあの盗賊は……」

「確実な証拠はありませんが、おそらく私の命を狙っていたと思います。私の父は生前、ズーリエの街の代表でした。ですが父が亡くなって、ウェールズさんが代表に立候補し、ズーリエの商品が独占されるようになってしまって……」

商品を独占してしまえば価格は弄《いじ》り放題だから、それでうまい汁を吸うというわけか。

この世界には、独占禁止法なんてなさそうだからな。

「それで、多少危険を犯してでも塩を手に入れることができれば、少しは商売もうまくいくかなって」

独占された商品じゃないから、需要があれば売れる可能性は十分にあると考えたわけか。

だがルナさんの話を聞くと、ウェールズという奴はとんでもない悪党だな。

「すみません……変な話をしてしまって……」

「とりあえず、何をするにしても馬車と積み荷が必要だな」

「確か……あの時南西の方角に走り去っていくのが見えましたが、馬も生きものですから、そのまままっすぐに進んだのかはわかりません」

ルナさんは、絶望的な探索に俺を巻き込んでしまって申しわけないのか、涙を流して謝ってくる。

本来ならもう馬車を捜し出すのは不可能に近いだろう。

運がよければ、馬がどこかで休憩していて見つかるかもしれないけど。

だが……

「馬車が一キロ圏内《けんない》にいるならすぐに見つかるよ」

「えっ？　ほ、本当ですか！」

ルナさんは涙を拭い、信じられないといった表情を浮かべる。

俺が創聖魔法を手に入れてまず作製したものは四つ。

一つ目が、大きな荷物の持ち運びができる異空間収納魔法。

二つ目が、自分や相手のステータスを確認できる鑑定スキル。

三つ目が、暗闇でも見渡せるようになる暗視スキル。

そして四つ目が、魔物から奇襲を受けないようにするため、周囲の状況を確認できる探知スキルだ。

今この中で俺の役に立ちそうなものは……探知スキルだ。

俺は創聖魔法で作製した探知スキルを使用すると、通常の目で見ているものとは別次元の情報が入り、一キロメートル圏内の状況が手に取るようにわかった。

馬車は……あった！

ここから南西九百メートルのところに馬車が見えるが、石か何かに躓《つまず》いたのか横に倒れている。

そして馬も足をケガしていて、その場に座っているようだ。

「見つけた」

「え？　え？　どういうことですか？　見つけたって、まさか何かのスキルですか？」

「周囲の状況がわかるスキルです。一応馬車は見つけたけど、馬はケガをしているみたいだ」

「馬がケガを……すぐに行って治療しましょう！」

ルナさんはどうやら馬車よりも馬の方が心配のようだ。

「ここから南西に向かって、九百メートルくらいのところにいるよ」

「きゅ、九百メートルって、そんなに遠くのこともわかるのですか！」

この世界には魔法があるのに、探知スキルを信じられないものなのか？　確かに今まで、探知スキルを使える人に会ったことはないけど。

「馬が心配だからすぐに行こうと思うけど、ルナさんをまた抱きかかえてもいいかな？」

二人一緒に行くにはそれが一番早い。けどルナさんが嫌がるならやめよう。

「お願いします！　早く馬のところへ連れていってください」

女の子を抱きかかえるのは恥ずかしいけど、もっと恥ずかしいルナさんが決断してくれたんだ。

俺がやらないわけにはいかない。

俺はルナさんを抱きかかえ、魔法を唱える。

「クラス２・旋風《フウァールウインド》創聖魔法《ジェネシス》」

俺は自分にスピードが上がる身体強化魔法をかけた。そして馬車のあるところを目指して駆けると、周囲の景色があっという間に通り過ぎていく。

今の俺なら時速八十キロくらいで走れるから、数十秒で馬車が倒れている場所に到着するだろう。

「リ、リックさん！　少し速いです！」

しかしルナさんは速すぎて怖かったのか、俺の首に力強く抱きついてきた。

しまった！　ちょっとスピードを出しすぎたか！

車やジェットコースターで速さに慣れてる俺とは違って、この世界の人は、時速八十キロのスピードを体験したことがないんだ！

「ごめん！　少しスピードを緩めるね」

俺は先程の半分の、時速四十キロくらいにスピードを落とす。

「申しわけありません……これくらいの速さなら大丈夫です」

ルナさんは安心したのか目を閉じて風を感じているように見える。

女の子を抱きかかえている時に目を閉じられると、なんだかドキドキするな。

俺はこのドキドキをもう少し味わっていたかったが、すぐに目的地に到着したので、ルナさんを地面に下ろす。

「リックさん、ありがとうございました。とても速くて気持ちよかったです」

ルナさんは笑顔でお礼を言い、急いで馬に駆け寄る。

少しは気分転換になったかな？

父親のことを話していたルナさんは、とてもつらそうな表情をしていたから、気が紛れたならよかった。

俺もルナさんの後に続いて馬の元へと向かう。

馬は地面に座っており、馬車は倒れている……探知スキルで見た光景とまったく同じだ。

するとルナさんは何やら懐《ふところ》からビンを出し……って！

「ちょっと待った！　ルナさんそれは？」

「回復薬です。馬は足をケガすると動けなくなって、死んでしまうと聞いたことがあるので」

回復薬は一つ銀貨三十枚はするものだ。いくら馬がケガをしているからといって、躊躇《ちゅうちょ》なく使うとは……ルナさんはどうやら人間だけではなく、動物にも優しい人のようだ。

「俺が回復魔法を使うから」

「リックさんは回復魔法も使えるのですか！」

「ああ……だからそれはしまって……」

「すみません……」

俺は馬に向かって「クラス３・回復魔法《ヒール》」と唱える。

傷が癒《い》えた馬は立ち上がり、俺の顔を舐めてきた。

馬は頭がいい生きものだというから、俺がケガを治したことがわかるのかな？

「私のせいで馬が命を落とさなくてよかったです」

「だけど馬車の方は車輪が取れてしまっているから、馬に引かせるのは無理そうだ」

「そうですね。ここに捨てていくしか……」

「いや、直せばまだ使えそうだから持っていこう」

「この大きな馬車をですか！」

確かにルナさんの言う通り馬車は大きいけど、異空間に収納すれば持ち帰ることは可能だろう。

「な、なるほど……支援魔法で身体を強化して持ち上げるのですね。私はもうリックさんが何をしても驚きませんよ」

さすがにこの馬車を持ち上げて、街まで持っていくのは無理……じゃないけど、少々目立ち過ぎる。

「さあリックさん、お願いします！」

なんだかルナさんが半分やけくそになっているような気がするけど、気のせいか？

とりあえず俺は異空間に馬車を収納した。

すると、ルナさんは地面にへたり込んでしまった。

「あ、あんなに大きな馬車がなくなってしまいました……こ、これはいったいどういうことなの……」

「ここは違う空間に馬車を入れました」

「こ、ここととは違う空間って、そんなものどこにあるのですか！」

何をしても驚かないと言っていたルナさんだったが、実際に馬車が異空間に消えるところを見て驚き、腰を抜かしてしまうのだった。


その後俺達は馬に乗り、探知スキルで落とした積み荷を捜して収納し、ズーリエの街へと向かっていた。

「リックさんが乗馬の経験があって助かりました」

「昔ちょっとね」

ゴルドによって貴族にされた時、無理矢理習わされたからな。

あの時は嫌々習っていたが、まさかルナさんのような可愛らしい人と馬に乗ることになるなんて……どこで何が必要になるかわからないものだ。

「積み荷も無事でよかったよ」

「はい……これで塩をズーリエで売ることができます」

一時は積み荷や馬車が戻らないと考え、涙を流していたルナさんが笑顔を見せてくれて、俺は安堵する。

この創聖魔法をうまく使っていけば、金持ちになることも地位や名誉を手に入れることも可能だろう。だがルナさんの笑顔を見ていると、改めて魔法やスキルは人を助けるために使いたいと思うようになった。

この世界、エールドラドは日本と違って格段に治安が悪い。権力者が力を持ちすぎていることもあるけど、奴隷制度など人権を無視した法があるからだ。

権力を持っているから、相手は奴隷だから何をしてもいいという風潮があることで、理性による抑止力が弱くなり、簡単に悪いことが起こる。

そして何より、ここには貧困に苦しんでいる人が多すぎる。

これではいつまで経っても犯罪はなくならないだろう。

今はまだどうすればいいのかわからないけど、せっかく異世界に来たのだからダラダラと生きるのではなく、何か目標を持って過ごしたいものだ。

そんなことを考えながら街道を走っていると、壁に囲まれた街が見えてきた。

おそらくあれがズーリエの街だろう。

ようやく母さんの実家があるズーリエに来ることができたんだ。

ズーリエの東門の近くに到着すると、門番二人が慌てた様子で向かってきた。

「ルナさん！　よくぞご無事で！」

「盗賊に襲われたと聞きましたが、大丈夫ですか？」

どうやらここの衛兵達は、先程起きたことをもう知っているようだな。

よく見ると、東門の前に俺達が乗ってきた馬車が見える。

おそらくトーマスさん達が衛兵達に伝えたのだろう。

「ええ……こちらの方に助けていただきましたから」

馬上から飛び降り、ルナさんを地面に降ろすと、門番の二人が俺に近寄ってきた。

「君！」

門番の一人が興奮した様子で両手を差し出してくる。

一瞬攻撃されるのではと身構えてしまったが、その門番は俺の両手を握っただけだった。

「ありがとう！　ルナさんを救ってくれて！」

「あ、はい……」

「ルナさんの仕事のこともわかるけど、今は魔物が増えて来ているから街の外に出ることは反対だったんだ」

「けど魔物ではなく盗賊に襲われるなんて……本当に無事でよかった。もしルナさんに何かあったら、ザジさんに顔向けできないからな」

ザジさん？　誰だろう？

「亡くなった父です。皆さんは父を慕ってくださっていて、それで私のことを気にかけてくれているんです」

疑問に思っていると、ルナさんが教えてくれた。

「ザジさんは俺達が子供の頃、腹が減っていた時によく食べものをご馳走《ちそう》してくれてね。もしあの時ザジさんがいなかったら、俺達はたぶん野垂れ死ぬか、盗みを働いて犯罪者になっていたと思うよ」

「自分だって裕福じゃなかったのにな」

もしかしてルナさんは、そんなお父さんを見てきたから正義感が強くて優しいのかな。

民から高い税金を巻き上げ、贅沢《ぜいたく》な暮らしをしているゴルドとは大違いだ。

「ふふ……お二人は今はこうやって街を守ってくださっているから、父のしていたことは正しかったみたいですね」

「そう思ってもらえるよう、しっかりと街を守るぜ」

「頼りにしてます」

何か信頼関係があるというか……いいなこういうの。

「そういえばトーマスさんがルナさんのことを呼んでいましたよ」

「本当ですか？　リックさんちょっと行ってきますね」

ルナさんは衛兵の言葉を聞いて、小走りで東門へ向かっていく。

母さんもたぶんトーマスさんの近くにいるはずだ。

俺も東門の方へ向かおうとするが、先程の衛兵に声をかけられた。

「なああんた……ずいぶんルナさんと親しそうだったな」

これはひょっとして「どこの馬の骨かわからない奴が、俺達のルナさんと気安く話すんじゃゃねえ！」ってやつか。

あの容姿で優しいとなれば人気がありそうだもんな。

俺みたいな怪しい奴がいきなり現れたら面白くないだろう。

「あんたがもしルナさんの友人ならその……色々相談に乗ってやってくれないか」

「えっ？」

予想とは違うことを言われて、思わず声をあげてしまう。

「ザジさんが亡くなって、ルナさんは自分が代わりに頑張るんだって結構無理をしてるんだよ。今回も俺達は街の外に出るのは危険だって言ったけど、商会を立て直すためにって聞いてくれなくてな」

「そうだったんですか」

ルナさんとは会ってまだ間もないけど、確かに人に頼らず自分だけでやろうとする傾向がある。

馬車と積み荷がなくなった時も、一人で捜そうとしていたし。

「だけどあんたが馬に乗ってルナさんとここに来た時、最近では見なくなった笑顔を見せていたから……ルナさんが困っている時は力になってくれねえか」

たぶんこの人達は、ザジさんへの恩がなくてもルナさんのことを俺にお願いしてきた気がする。

それだけルナさんのことが大切なんだろう。

恋愛感情で動いていると思っていた自分が恥ずかしい。

「それにザジさんが亡くなってから、奥さんの体調も悪くてな」

もしかしたらルナさんは、母親の体調が悪いからこそ、安心させるために無理をしてドルドランドに行ったのかもしれない。

「わかりました。なるべく彼女の力になれるよう頑張ります」

そこまで言われたら答えは一つだ。ここで断るようなら男じゃない。

「ありがとよ……だが！　もしルナさんに手を出したら……」

突然衛兵が俺の肩に手を置き力を入れてくる。

痛い痛い！　折れるから！

「ズーリエにいる男達を敵に回すことになるから覚えておけ」

前言撤回。やっぱりこの人達はルナさんに恋していたようだ。

衛兵達の恫喝《どうかつ》から逃れ、ズーリエの東門を潜ると、突然俺の胸に何かが飛び込んできた。

「リックちゃん、おかえり！」

「ただいま母さん」

どうやら母さん達も無事にズーリエに到着していたようで、俺は安堵した。

「皆さんありがとうございました」

俺はここまで俺達を馬車に乗せ、護衛をしてくれたトーマスさん達にお礼を言う。

「いえいえ、お金はきっちりもらっているので気になさらず。私は二カ月程この街で商売をして、また行商の旅に出ますので、どこかでお会いしましたらどうぞご贔屓《ひいき》に」

そう言ってトーマスさんは街の中へ消え、次にパウロさんが現れた。

「今回はえらい目にあったな。それにしても盗賊を一人で倒しちまうなんて、お前本当は何者だ？」

どうやらパウロさんは、俺が元勇者パーティーだということを知らないようだ。

ここで名乗る必要はないので、俺は事実だけを伝えることにする。

「ただのFランクの冒険者ですよ」

「嘘つけ！　まあ誰にだって隠したいことはあるから、無理矢理聞いたりはしねえけど」

それはありがたい。別に元勇者パーティーであることを隠すつもりはないけど、話して騒ぎになるのも面倒くさいし、俺にとっては人生の汚点だからな。

「俺達はしばらくこの街のギルドで依頼を受けようと思っているから、何かあったら言ってくれ。金はもらうけどな」

そしてパウロさん達も街の中へと消えていく。

トーマスさんもパウロさん達もいい人でよかった。

護衛なのに金だけもらって逃げ出す人達もいるらしいからな。

「リックさん達はこれからどうされるのですか？」

「私の実家がここにあるのよ。食料関係の商店で、カレンって言うの」

「カレン……もしかしてメリスさんってカレンさんの身内の方ですか？」

「そうよ。私が娘でリックちゃんが孫よ」

「そうですか。カレンさんのお店にはよく私の……月《つき》の雫商会《しずくしょうかい》に力を貸していただいていて、いつも助かっています」

意外なところで繋がりがあったな。

まさか俺のおばあちゃんとルナさんが知り合いだったなんて。

「うちのお母さんは元気にしてる？　お店は順調？」

「そ、それは……」

「まっずぅぅっ！　月の雫商会はこんなものを店に卸《おろ》して恥ずかしくないのか！」

ルナさんが言い淀んだ時、突如周囲に響きわたる程の罵声《ばせい》が聞こえた。

「なんだろう？　何かあったのかな？」

声が聞こえてきた方に目を向けると、ルナさんが駆け出していく。

「すみません……ちょっと行ってきます」

遠目だが、ルナさんが向かった店には屈強な男が三人おり、何やら店に文句をつけているように見えた。

ズーリエの街に着いて早々嫌な予感がするが、ルナさんをこのまま放って置くわけにもいかないので、俺は騒動の中に飛び込むことにする。

「どうしました！」

ルナさんはお店の店主らしき男と、客と思《おぼ》しき屈強な男三人に何があったのか問いかけた。

「あっ！　ルナさん！」

店主はルナさんが来たことに、ホッとした表情を浮かべている。

「これはこれは月の雫商会の代表ではありませんか」

言葉は丁寧《ていねい》だが、男達はルナさんに対する不快感を露わにしていた。

「噂だと盗賊に襲われて殺されかけたとか……いやはや恐ろしい世の中になったものだ」

こいつら……ルナさんが盗賊に襲われてからまだそれ程時間は経ってない。

それなのにその事件を知っているということは、こいつらが首謀者なのか？

「ご心配をおかけしたようですが、私は生きています。それより、なんの騒ぎですか？」

「ルナさん！　この男達が店の商品にいちゃもんをつけてきて」

店の商品に目を向けると、多くの野菜が並んでいるのが見えた。どうやらここは八百屋のようだ。

そして男達が大きな声を出しているせいで、周囲に人が集まり始めていた。

「何言ってるんだ！　俺は客として正当な評価をしただけだぞ！」

男達が喚き散らすと、ルナさんと店主は顔を曇《くも》らせる。

「ほら皆さん、見てくださいこのキュウリを！　こんなに萎《しな》びて真ん中がスカスカのキュウリを買う人がいますか？」

こいつら、わざと大きな声をあげて店を貶めようとしているな。

通り過ぎる人達も、何事かと視線を向ける。

「確かにこれは酷いな」

「安ければ生活のために仕方なく買うけど、相場の値段だったら絶対に買わない」

「ていうか、よく見ると他の野菜も鮮度が悪くないか」

周囲の人達は男達の声を聞いて、この店の商品はダメなものだとレッテルを貼り始めていた。

「それはあなた方が……ウェールズ商会がズーリエの周囲で取れる野菜を、全て買い占めているからじゃないですか！」

ルナさんは叫ぶように反論しているけど、それじゃあダメだ。

客にとっては、法に反したものでなければ安くてうまいものを選ぶのは当然のことだ。

「これはおかしなことを言う。商品を大量に仕入れることによって安く買えて、消費者の皆様に安く売れる。商人として当たり前のことをしているだけですが、我々が何か法に触れるようなことをしていますか？」

「くっ！」

ルナさんは頭に血が上って、冷静な判断ができていない。

それだけこのウェールズ商会とは確執があるということか。

「普通に考えれば安くてうまい方を買うよな」

「俺は今日初めてズーリエの街に来たけど、何か買うなら月の雫商会よりウェールズ商会の方がよさそうだ」

そして足を止めていた人達は皆、ウェールズ商会の方がいいと声をあげ始める。

「店主さんよ！　あんたもこのままじゃ商売上がったりだろ？　月の雫商会なんてやめてウェールズ商会に来いよ。うちに来ればもっと鮮度がいい野菜を卸してやるぜ」

「そ、それは……だが月の雫商会の先代には恩が……」

店主はウェールズ商会の誘いに迷っているように見える。

「まあ今度またゆっくり答えを聞かせてくれよ！　それじゃあな」

そう言って、ウェールズ商会の男達は去っていった。

「ルナさん……すまない。奴らの提案をすぐに断ることができなかった」

ルナさんはまともに反論できなかったから、相当悔しいだろうな。

だがこれが世の中の摂理《せつり》なのか。

異世界転生する前の世界も大企業だけが儲け、下請《したう》けの中小企業が泣くという構図が少なからずあった。それはこのエールドラドでも同じなのかもしれない。

「誰にでも生活があるから仕方のないことです」

ルナさんは店主を責めることはせず、手を取り語りかける。

そして店主と話を終えたルナさんは、俺と母さんのところへ戻ってきた。

しかし、表情がとても暗い。

「お待たせしました。ちょっとみっともないところを見せちゃいましたね」

「さっきの奴らはなんなの？」

俺はゴロツキ三人についてルナさんに聞いてみる。

「……ウェールズ商会の方々です」

「いつもあんな嫌がらせを？」

「いえ、以前から対立はしていましたけど、そこまでは……たぶん私が街の代表に立候補したからだと思います」

「代表？　えっ？　ルナさんって今いくつなの？」

見た感じ、俺と同じくらいの年に見えるけど実はもっと年上とか？

それともこの世界では若くても、街の代表に立候補することができるのだろうか。

「私は今十五歳で、今年十六歳になります」

「俺と同じだ」

ということは、街の代表には十五歳でも立候補できるということか。

そういえばルナさんと馬車を捜していた時に、ウェールズが街の代表に立候補したって言っていたな。

「今回の嫌がらせや、ルナさんが盗賊に命を狙われたのは……」

「証拠はありませんが、ウェールズさんが指示した可能性が高いです」

衛兵達の話を聞く限り、ルナさんは人気がありそうだったからな。

街の代表に立候補されると邪魔だということか。

「十日前に演説は終わっているので、後は投票の結果を待つだけですが……」

なるほど……このまま投票になるとルナさんに敗北する可能性があるから、嫌がらせをしたり、盗賊を使って殺そうとしたりしたというわけか。

どこの世界も選挙になると問答無用なのは変わらないな。

「これはこれは、ルナさんと……メリスさんですか」

ルナさんと話をしていると、突然前から歩いてきた壮年の男性が俺達に声をかけてきた。

「え〜と……ナバルくん？」

「そうだ。久しぶりだな」

どうやら、目の前にいる男性は母さんの知り合いのようだ。

「お前がドルドランドに嫁《とつ》いでから会っていないから……もう十六年ぶりか」

「そうね。ナバルくんは……昔お父さんのような衛兵になって、街の治安を守るって言ってたけど」

「よく覚えていたな。今は父さんと一緒に仕事をしているよ」

この人は衛兵なのか……もう少し早く来てくれれば、さっきのゴロツキ三人は捕まったのに。

「ナバルさんのお父様は、選挙の管理もされているんですよ」

ルナさんも母さんとナバルさんの話に入る。

素人が選挙管理委員会みたいなことをやると不正をする可能性があるから、街を守る衛兵なら適任といえば適任だな。

「ルナさん、明後日が投票日ですね」

「は、はい」

「中立の立場だから肩入れすることはできないけど、頑張ってください」

「ありがとうございます」

投票日は明後日か……ルナさん、勝てるといいな。

「それでメリスさん……隣にいるのはもしかして」

「私の息子のリックちゃんよ。カッコいいでしょ」

か、母さん……その紹介の仕方は恥ずかしいぞ。

「む、息子のリックです」

「へえ……噂で聞いたけど強いらしいね」

「強いわよ！　なんてったって勇……」

「か、母さん！」

俺は慌てて母さんの口を塞ぐ。

今勇者パーティーにいたことを話そうとしてたよね。

俺としては忘れたいことなので、できれば言わないでくれると助かる。

「「勇？」」

俺が母さんの言葉を途中で遮ったからか、二人が疑問に思っている。

「え～と、あれだよ。勇気があるって言いたいのかな？　母さんは親バカで困っちゃうよ」

「うぅうぅっ！」

母さんは何か言いたそうだけど、とりあえずこのままでいよう。

「そうですね。私も盗賊から助けていただきましたから、リックさんは勇気ある方だと思います」

ルナさんがまっすぐに俺を見つめて褒めてくれる。

なんだか改めて言われると照れるな。

「へえ……盗賊を、それはすごいな。おっと、そういえば父さんに呼ばれていたんだ。メリスさん、時間があれば今度ゆっくりと昔話でもしよう」

「楽しみにしているわ」

そう言ってナバルさんは東門の方へ去っていった。

「それでは私もこれで失礼します。私の家はここをまっすぐ行ったところにありますので」

「ルナちゃん、今度うちに遊びに来てね」

「はい。近々リックさんに助けていただいたお礼をしに、必ず伺《うかが》わせていただきます」

「ルナちゃん、気楽によ、気楽に……そんな肩肘張らなくていいから。友人の家へ遊びに行くみたいな感じで来てちょうだい」

「わかりました」

母さんの一言が嬉しかったのか、ルナさんはなんだか楽しそうに見えた。

「それじゃあ積み荷はルナさんの家に置けばいいかな？」

「はい、そちらに置いていただければ助かります」

「それじゃあ行こうか」

俺と母さんはルナさんと共に街の中央区画にある月の雫商会へ行き、異空間に収納していた荷物や馬車を取り出す。

「リックさん、メリスさん、色々とありがとうございました」

「いえいえ。ルナさんも選挙頑張ってね」

「今度は一緒にお茶でもしましょう」

こうしてルナさんは、何度もこちらを振り返りながら月の雫商会の中に入っていった。

「いい娘だったわ」

「そうだね。ちょっと頑張りすぎなところは心配だけど」

「そうね。けどリックちゃんはルナちゃんのお友達だから、困っていたら助けてあげればいいのよ」

「うん」

そして母さんの実家へ向かう中、俺は先程の会話で疑念を感じた人物に探知スキルを使用し、動向を探ることにした。

ズーリエの中央地区から北西側へ歩いていると、四階建ての一際大きな店が目に入った。

「何かしら？　私がここにいた時は、こんな建物はなかったわよ」

昔はなかった店か。

看板を見ると、ウェールズ商会と書かれていた。

一階の店の入口には多くの客が詰め寄せているのが見える。雑貨、食品、武器防具、魔道具、ここに来ればなんでも揃《そろ》うのが売りらしい。これは前の世界のデパートのようなものか。

そして店から中年の肥満体型の男と、細身の鋭い目付きをした男が出てくると、さらに人が集まり始めた。

「え～……皆さんもご存じの通り、私はこの街の代表に立候補しました。今街の外には魔物が多く、皆さんは安心安全な食料が手に入るか不安でしょう。ですが我がウェールズ商会は、ズーリエでの食料生産ラインを確保し、周囲の街と密接に連携しているため、皆さんを困らせることはありません。それは今ここにある、安心安全な商品の数々を見ていただければおわかりだと思います。間違っても私の対抗馬である、月の雫商会を勝たせてはいけません。確かに前代表はそれなりに力があり、皆さんにまずまずの商品を提供していましたが、それを娘が引き継いでいるわけではありません。月の雫商会の粗悪な商品を見ればおわかりでしょう。もし皆さんがあのような野菜や肉を食べてお腹を壊しても、ウェールズ商会では責任は取れません」

ここで周囲から笑いが起きる。

「私は皆さんの声を聞き、新しいことにチャレンジして、この停滞したズーリエを動かすことを約束します。そのためにも、明後日の投票日はぜひこのウェールズに一票をお願いします」

そう言ってウェールズと、鋭い目付きをした男は店の中へ戻っていった。

「すごい人気ね。ルナさんは大丈夫かしら」

母さんの言う通り、ここにいる誰もがウェールズを称賛している。

だがおそらく聴衆《ちょうしゅう》の中にはさくらが何人かいて、声高にウェールズを褒めているのだろう。そうすれば周囲もその声に同調しやすくなるし、ウェールズを非難しにくくなる。その証拠に、さっきのゴロツキ三人もこの場にいて騒いでいた。

「でも俺はこういう演説は嫌いだよ」

「どうして？」

「自分の政策を話すだけならいいけど、相手を貶めるようなやり方は好きじゃない」

こういう奴が当選すると結局公約を守らず、私利私欲に走るんだ。

「そうね……お母さんもそう思うわ。ルナさんには頑張ってもらわなくちゃ」

「そうだね」

俺と母さんはルナさんのことを心配しつつ、ウェールズ商会の前を通り過ぎ、北にある区画へ向かった。

北区画に入った俺達は、多くの商店が並ぶ中、古びた建物に辿り着いた。

お店の名前はカレン。

ここが母さんの実家か……

「さあリックちゃん、入りましょ」

「う、うん」

店の中には俺の祖父と祖母がいるのか。

会うのは初めてだから、なんだかすごく緊張するぞ。

小さい頃なら無邪気に甘えていればいいけど、十五歳になってさすがにそれはできない。

「ただいま～」

母さんは俺の気持ちも知らずに店の扉を開けて、さっさと中に入ってしまった。

店の棚には肉や野菜、塩などが並んでいる。

ここは八百屋と肉屋が合体した店のようだ。

「いらっしゃい……」

店の中には一人のお姉さんが立っており、こちらを凝視《ぎょうし》しながら近づいてくる。

「あ、あなたはメリスなの……」

「うん」

お姉さんは手を広げ、優しく母さんを抱きしめた。

「ただいま」

「お帰りなさい」

母さんは十六年ぶりに自分の実家に帰ることができたんだな。

「リックちゃんおいで」

母さんはお姉さんを一旦引き剥がし、俺を手招きで呼び寄せる。

「息子のリックちゃん」

俺は前に出てお姉さんに自己紹介をした。

「初めまして……母さんの息子のリックです。母さんに姉妹がいるとは知りませんでした。これからよろしくお願いします」

俺が自己紹介を終えると、二人はクスクスと笑っていた。

えっ？　俺なんか変なこと言っちゃった？

「リックちゃん面白い」

「メリスの姉のカレンです。よろしくねリックくん」

「は、はい」

「お母さん、何言ってるの。リックちゃんで遊ばないで」

えっ？　お母さん……だと……

どうみても三十歳くらいにしか見えない！　母さんの言ってることが本当なら、カレンさんは五十歳前後のはずだけど。

「改めて、あなたのおばあちゃんのカレンです」

「えっ！　えぇぇぇっ！　し、失礼しました！」

「全然失礼じゃないわよ。むしろ若く見られて嬉しいくらい」

いやいや、緊張していておばあちゃんの顔をちゃんと確認できなかったけど、母さんが少し年を取ったような姿に見えるから、姉妹と考えてもおかしくないよな。母さんも若く見えるから、これはこの家の遺伝なのか？

「これから二人でここに住むけど、いいよね」

「……もちろんいいわよ」

おばあちゃんが答える時、少し間があった。

もしかしたら俺と母さんがゴルドに捨てられたことを知っていたのかも。

ズーリエは帝国に近い位置にあるため、ドルドランドの領主が息子を追放したことが伝わっていてもおかしくない。

「ねえ、おじいさんもいいわよね？」

おばあちゃんが後ろに声をかけると、背を向けて何やら作業をしている中年の男性がいた。

「好きにせい」

おじいちゃんは俺達が住むことを受け入れてくれたけど、こちらを見てもくれない。

ひょっとしたら、突然現れた俺のことが嫌いなのかもしれない。

「ふふ……心配しないでいいわ。ああ見えてお父さんすごく喜んでいるから」

「そうね。きっと内心小躍りしてるわよ」

ええっ！　本当に？

まあ付き合いが長いおばあちゃんと母さんがそういうなら信じたいけど、俺にはどう見ても歓迎してないように感じられた。

「部屋は……メリスは以前使っていたところでいいわよね。リックくんは空いている部屋があるからそっちを使って」

「は～い」

「ありがとうございます」

「あら？　けどあなた達荷物は？　まさか着の身着のままでこの街に来たの？」

「ふっふっふ……ちゃんと持ってきているよ。リックちゃん見せてあげて！」

母さんが両手を腰に当て、ドヤ顔で俺を促した。

俺は母さんの言葉に従い、異空間に収納していた家具や荷物を出して床に置く。

「わあ……すごいねリックくん」

おばあちゃんは次々と出てくる荷物を見て、楽しそうに拍手をしてくれた。

「あら？　これは何かしら？」

母さんは床に落ちた一冊の本を手に取り、不思議そうに眺める。

「あっ！　それは……古代魔法の本だよ」

俺がうっかり出してしまったのは、創聖魔法で作った前の世界の書籍だ。

どういう原理かはわからないけど、紙とインク、そして欲しい情報をイメージすれば、クラス2相当の魔力で、前世の知識が詰まった本を作製することができた。

チキンコンソメの作り方を知っていたのも、本を作製して情報を得ていたからだ。

「綺麗な冊子だね」

「本当だわ。ほらおじいさんも見てくださいよ」

だがおじいちゃんはおばあちゃんに言われても、俺の本に目をくれることはなかった。

「そんなところに荷物を置かれたら邪魔じゃ！　早く部屋に持っていけ！」

「ご、ごめんなさい」

俺はおじいちゃんに怒られてしまったので、出した荷物をもう一度異空間にしまう。

「お父さん、その言い方はないんじゃない」

「そうですよ。せっかくリックくんが魔法を見せてくれたのに」

母さんとおばあちゃんは、おじいちゃんに苦言を呈する。

「ふ、ふん！　わしは当たり前のことを言っただけじゃ！　今日は疲れたからもう部屋にもどるぞ」

そう言っておじいちゃんは不機嫌なまま、店の奥へと消えていった。

やっぱりおじいちゃんは俺のことが嫌いなのかな。

せっかく会えたんだから仲よくしたいんだけど。

だがこの時の俺は気づいていなかった。

俺の思いはしっかりとおじいちゃんに伝わっていたことに。

◇　◇　◇

リックの祖父であるダイゴは、自室に戻ると呼吸を荒くして、顔面蒼白になった。

「孫が一緒に住む……じゃと……！　こんなに嬉しいことはない！　生きててよかったわい！　さっきチラッと顔を見たがわしに似てイケメンじゃし……いや、わしごときと比べるなんておこがましい。わしを含め世の女性を虜《とりこ》にする程の逸材じゃろ。これから毎日孫の顔を見ることができるなんて、まるで天に昇るような気分じゃ。今まで一緒に居られなかった分の思い出を取り戻し、幸せな老後生活を送れそうじゃな。じゃ、じゃがその前になんじゃあの魔法は！　ばあさんは拍手をしていたがそんなレベルのものじゃないぞ！　すごいを通り越して奇跡じゃろ！　顔もイケメンで魔法もすごいとなると、益々もてっぷりに拍車がかかるぞ。いかん！　このままではろくでもない輩《やから》がリックを誘惑してきて、できちゃった婚なんてこともありえる！　ここは祖父であるわしがいい相手を選んであげんとな。じゃがリックと釣り合う相手となると……月の雫商会のルナさんしか考えられん。今度わしがリックにルナさんを紹介してやろう。そうすればリックはルナさんを気に入って、紹介したわしの株も爆上がりじゃ！」

ダイゴは、既にリックとルナが知り合いだということを知らない。

孫に気に入られるため、引き続きダイゴは妄想するのであった。

◇　◇　◇

俺が自分の部屋と母さんの部屋に荷物を置き片付けていると、いつの間にか太陽は沈み、暗闇が支配する時間になっていた。

夕食は塩のスープにパンだったので、ビーフシチューの素《もと》を魔法で作製しておばあちゃんに渡した。

そのシチューにつけて食べるパンはとてもおいしく、母さんやおばあちゃんは喜んでくれた。おじいちゃんは表情が険《けわ》しかったけど、一応完食してくれたから満足してくれたと思いたい。

食事を終えて部屋に戻った後。昼間に怪しいと思い、探知スキルで視《み》ていた人物がどこかへと出かけていくのを確認した俺は、その人物を追いかけることにした。

もう遅い時間なので、母さん達にバレると心配される。

俺はこっそりとカレン商店を抜け出すことにした。

「俺の考えた通りにならなきゃいいけど」

こうして俺は自分の予感が的中しないことを祈りながら、ズーリエの中央区画へ向かった。

俺が探知スキルで視ている人物は、中央区画から南へと移動している。

街の南に進んでいくと、次第に明かりが少なくなり、建物も中央区画と比べ木や藁といった素材のみすぼらしいものに変わっていく。

ドルドランドで俺と母さんが住んでいた貧民街のような場所だ。

何故こんなところに行くのか。

この人物への疑いが俺の中でどんどん大きくなっていく。
・・・・・・・・・・・・・・・・・・
何か犯罪が起きて見回りに来ただけならいいけど。

その人は建物の角を曲がると、不良がカツアゲをしていそうな裏路地に入った。

闇夜の中、曲がり角の手前から覗《のぞ》くと、その人物は誰かと話している。

くそっ！　暗くて見えないぞ。

それに十五メートル程の距離があるため、何を話しているのかまったく聞こえない。

まずは暗視のスキルを使用して、暗闇でも問題なく見えるようにしよう。

そして次は音が聞こえるようにしないとな。

こんな時こそ創聖魔法の出番だ。

俺は創聖魔法で新しいスキルを作り出す。

聴覚強化……常人の五倍程聴覚が強化されるスキルだ。

騒がしいところでは聴《き》こえすぎるため、使用に注意が必要だな。

スキルを使うと、目的の人物の話し声が聴こえるようになった。

だが、ＭＰの使いすぎで目眩《めまい》がしてきた。

くっ！　今日は何度か創聖魔法を使用したからな。

しかしここで気を失うわけにはいかない。俺は意識を奮《ふる》い立《た》たせ、二人を注視する。

「ルナさんがズーリエに戻ってきたようですね」

俺が追ってきた人物……ナバルに、彼が待ち合わせていた人物が語りかける。

そう。俺は昼間ルナさんと別れた後、探知スキルでナバルの動向を探っていた。

何故なら、俺と会話をした時におかしな点があったからだ。

——噂で聞いたけど強いらしいね。

ナバルからこの言葉を聞いた時、最初は俺が元勇者パーティーということを知っていたのかと考えた。しかし、ハインツに公衆の面前で役立たずと言われた俺を強いなんて言うはずがない。それに、俺が盗賊を倒したことも知らないはずなのに。ちょっとした違和感だったが、追いかけてみて正解だった。

ナバルは黒だ。

何故なら、今彼が話している人物は、昼間ウェールズの隣にいた目付きが鋭い男だからだ。

「あのリックとかいう男のせいで失敗した」

この言葉で、ナバルはウェールズサイドの人間だということがわかる。

おそらく捕まった盗賊から俺の話を聞いたのだろう。

ナバルは衛兵だから、牢屋にいる盗賊から話を聞くなど造作《ぞうさ》もないことだ。

「こちらはあなた方に高いお金を支払っているのです。せっかく人員も貸して差し上げたのに、失敗したではすみませんよ」

「ノイズさん、申しわけない」

どうやらあの目付きが悪い男は、ノイズと言うらしい。

「選挙というのは、たとえどんなに優勢と言われていても、結果が出るまでわかりません」

「大丈夫です。私達にはウェールズ様が絶対に勝てる策がありますから……」

絶対に勝てる策……だと……!?

「そうですか……一応期待しないで待っています。念のため、こちらも合法的なやり方で、月の雫商会を追い落とす策を講じます」

そう言ってノイズは立ち去ったが、ナバルはその場に立ち尽くしている。

なんだ？　まだここで何かをするつもりなのか？

しかしナバルはうつむいているだけで、ノイズと別れて五分程経つと、ようやく路地裏を出ていった。だがその時ナバルは何かを呟《つぶや》いていた。

「メリス……何故君は……」

メリス？　母さんのことか？　何故ナバルはこのようなところで母さんの名前を？

母さんの名前を口にした真意はわからないけど、俺はナバルとノイズに対して一層警戒心を高めた。


さて、これからどうしようか。

二人がどんな企みをしているかわからないけど、立候補する側の人間と、選挙を管理する人間がこんなところで会うなんて、普通ならアウトだ。

だがもし俺が告発しても、信じてもらえるか怪しい。

この街に来たばかりの新参者だし、ルナさんサイドの人間だと思われているから、ウェールズを追い落とすための策略だと言われる可能性がある。

そうなると、奴らの不正を暴くには確固たる証拠が必要になってくるが、そんなものが都合よく落ちてるわけがない。

ナバルとノイズ……これからも二人のことを探って、チャンスを待つしかないか。

とにかく今日は魔法の使いすぎで疲れた。

選挙の投票日は明後日……とりあえず今はＭＰを回復させるため、家に戻るとしよう。

こうしてウェールズ商会とナバルの密会を見た俺は、明日から不正の証拠集めをするためにも、疲れた足で祖父母の家へ戻った。

# 第七章　目には目を　歯には歯を　塩には塩を

密会があった翌日。

俺は自室で探知スキルを使い、ナバルとノイズの行動を見張っていたが、特にめぼしい動きはなかった。

少なくとも午前中は、ナバルは見回りを中心に仕事を行い、ノイズはウェールズの護衛をしていただけだ。

トントン。

突然ドアがノックされたので部屋の外に出ると、おばあちゃんがいた。

「リックくん、何かうちに来て困ったことはない？」

どうやらおばあちゃんは、俺がこの家で暮らしづらくないか心配して、部屋を訪ねてくれたようだ。

「ううん。特にないよ。自分の部屋もあるし……何より母さんやおばあちゃん、おじいちゃんが一緒にいるから不満なんてないよ」

「そうなの？　困ったことがあったらなんでも言ってね。おばあちゃん力になるから」

おばあちゃんも母さんに似て、本当にいい人だよな。

母さんの性格がいいのと見た目が若いのは、おばあちゃんゆずりのようだ。

けど困ったことか……そうだ。

一つだけ気になることがあるから、おばあちゃんに聞いてみようかな。

「困ったことじゃないけど……」

「いいわ！　なんでも聞いて！」

「月の雫商会の代表だったザジさんって、どんな人だったの？」

おばあちゃんは孫の俺に頼られて嬉しそうな顔をしていたが、ザジさんの名前が出ると少し表情が暗くなった。

「ザジさん……はね。とってもいい方だったわよ」

「そうなんだ」

昨日衛兵が言っていたことと同じだ。

「商品を目利きするのに優れていて、後は教会や孤児のために寄付をしていたから、人格者でもあったわね」

「目利きがすごいってことは、商売もうまかったってこと？」

「う～ん……それはどうかな。勿論《もちろん》優秀ではあったけど、周りの人をうまく動かすのが上手だったわ」

「へえ～」

なるほど……ルナさんが優しいのは、うちの母さんと同じように親を見て育ったからなのかな。

「ばあさん、ちょっと来てくれ」

ザジさんの話を聞き終えた後、おじいちゃんがおばあちゃんを呼ぶ声が聞こえた。

「はいはい……今行きますよ。もうおじいさんったらいいところなのに……」

おばあちゃんは俺とまだ話したかったようで、若干不満そうだ。

「リックくん……次は悩み事じゃなくてもいいから、またおばあちゃんと話そうね」

おばあちゃんは手を振りながら部屋を出ていってしまった。

そのため俺は、再びナバルとノイズの密会について考えることにした。

ナバルの絶対に勝てる策とはなんなのか。

一応前の世界であった選挙の不正方法を思い出し、突発的に何かやられても動けるように対策しておいた方がいいだろう。

そしてノイズが口にしていた、月の雫商会を追い落とす合法的な策とは何なのか。

正直普通に不正を働いてくれるなら、現場を押さえて証拠の確保といきたいところだけど、正当な方法で来られたら、対処が難しい。

そもそも合法的な策ってなんだ？　商売絡みのことなのか？

商売で相手を打ち負かす方法といったら、相手より品揃えをよくすること、鮮度のいいものを集めること、いい商品を安く提供することだろう。

だが昨日の話を聞く限り、既にこの三つについてはウェールズ商会の方が勝っている気がする。

それとも何か新商品でも出すつもりなのか？

しかし、探知スキルで視た限り、今日のウェールズ商会は、何か特別なことをしていたようには見えなかった。強いて言うなら塩を多く仕入れているくらいだ……ん？

塩の販売？　まさか！

俺は改めてウェールズ商会と、月の雫商会の店舗に並んでいる商品を確認してみる。

やられた！

これじゃあ月の雫商会は、ウェールズ商会に勝つことはできない！

確かにこれは合法的な方法なので、ウェールズ商会に文句を言うことはできないぞ。

こうしてはいられない。

もう手遅れかもしれないと考えつつも、ノイズの策が判明したことを伝えるため、俺は急いで月の雫商会へ向かった。

こういう時に限って通りが混んでいる。

人を避けながら進まなくてはならず、目的地が遠い。

ようやく月の雫商会に辿り着いた俺は、逸る気持ちを抑えて店のドアを開けた。

すると部屋の中には大勢の人がいて、売れ残った塩の瓶がテーブルの上に置かれていた。

「ルナちゃんから卸してもらった塩だけどよ……まったく売れねえんだ」

「うちも同じだ。理由は……ここにいる人達は皆わかっているんだろ？」

月の雫商会にいる人達は皆表情が暗い。

「申しわけありません。まさかウェールズ商会も、塩をあんなにたくさん仕入れているとは思いませんでした」

そう……ウェールズ商会もドルドランド産の塩を大量に買いつけて、月の雫商会と同じタイミングで売り出していたのだ。

しかも月の雫商会は一瓶銀貨十枚で売っているのに対して、ウェールズ商会は一瓶銀貨八枚で売っていた。

まさかこのタイミングでぶつけてくるとは。

おそらく塩を仕入れたのがバレていたな。

同じ産地の同じ商品であるなら、客が安い方を買うのは当然だ。

そしてウェールズ商会より塩が高いと噂になると、他の商品も月の雫商会は高いのでは？　と疑い始める。ここにいる人達は、売れない塩をどうするのか相談しに来たのだろう。

「ルナちゃん……選挙も商売も応援してあげたいけどもう……」

「ごめんね。先代からお世話になっているから、なんとかしてあげたかったよ」

「こんな大きな商会に睨まれちまったら俺達は……」

ここにいる人達は皆、ウェールズ商会の力に恐れを抱いてしまっている。

その時、ルナさんが前に出てきた。

「皆様……先代より月の雫商会に力を貸していただき、ありがとうございます」

ルナさんは深々と頭を下げる。

「ルナちゃんまさか……商会をたたむつもりじゃ……」

「それにこの塩はどうするんだい？　この塩が売れなくちゃルナさんが借金を背負っちまう……」

この世界の塩は味が悪くても高価な品物だ。

ざっと見てテーブルの上には三百本近くの塩の瓶があるから、銀貨三千枚分の負債を背負うことになるだろう。

銀貨三千枚といえば日本円にして三千万円だ。

ルナさんにお金を返す当てはあるのだろうか。

「大丈夫です。一応伝手《つて》はありますからそんなに心配しないでください」

ルナさんはニコッと笑いながら、塩の行く先はあると言う。

本当か？　俺にはこの人達に罪悪感を持たせないため、ルナさんが嘘を言っているような気がしてならない。

「そうですか……わかりました」

「もし俺達にできることがあったら言ってくれ」

そう言って、集まっていた人達は一人、また一人と去っていき、ルナさんと俺だけがこの場に残された。

なんと話しかければいいのか迷っていると、鼻をすするような音が聞こえてきた。

「う……ううっ……うぁ……」

ルナさんはうつむいていて顔が見えないが、バカな俺でも何をしているのかわかる。

俺はルナさんにゆっくりと近づき、そして優しく抱きしめた。

「リッ……ク……さん」

ルナさんはか細い声で俺の名前を呼んだが、抵抗する素振りがなかったので、このまま抱きしめたまま話を続けることにする。

「ルナさんはどうして泣いているの？」

本当はわかっているけど、俺は知らない振りをして聞いてみた。

「いえこれは……その……なんでもないです」

どうやらルナさんは、この危機的状況でも何も話してくれないようだ。

「今店から出てきた人達は？　それにここにある大量の塩は？」

俺は再度ルナさんに問いかける。

「それは……知り合いの業者に買っていただくために、皆さんに塩を集めてもらったんです」

ルナさんは嘘をついた。

この子は本当に一人で全てを抱え込むつもりなのか？

月の雫商会の蓄《たくわ》えがいくらあるかわからないけど、この塩を売ることができなかったら多額の負債を抱え、下手すれば奴隷落ちになるぞ。

俺は、昨日衛兵からルナさんが困った時には相談に乗ってやってほしいと言われたことを思い出した。

なんでも一人で抱え込もうとするルナさん。元々の性格もあると思うが、おそらく父親が亡くなり、月の雫商会の代表になったこと、母親が病気になってしまったことで、自分がなんとかしなければと思い込んでしまったのだろう。街の人もそんなルナさんが心配で気にかけていたようだが、依然として、彼女は自分一人の力でなんとかしようとしている。

今俺が、月の雫商会の人達とのやり取りを見たと言えば、何があったか教えてくれるとは思う。

だけどそれではダメだ。

今後もし同じような目に遭った時、また一人で背負い込むことになる。それでは困るので、自分から人に頼ることをここで覚えてもらいたい。

だから今回は、俺からルナさんに聞くことはしない。

「そうなんだ。それにしてもルナさんは俺と同じ年なのに、商会の代表をしているなんてすごいね」

「父が亡くなって母が病気になってしまったので、継ぐのが私しかいなかっただけです」

「でも他の人に譲ることもできたでしょ？　でもルナさんはそれをしなかった。だからよっぽど月の雫商会が好きなんだね」

「そうですね……私も父みたいに便利な道具やおいしい食べものを仕入れ、そしてそれを街の人に提供して笑顔になってほしかった……そのような商会を作るのが夢でした」

今の話を聞いて、ルナさんのお父さんと月の雫商会に対する愛情は、かなり深いことがわかる。

だが大切なものだからこそ、何をしなくてはならないか、本質を見誤《みあやま》ってはならない。

「俺もルナさんのお父さんに会ってみたかったな。どんな人だったの？」

「父ですか？　商売に関しては厳しい人でしたが、私に対しては甘かったですね」

まあどこの家も父親は娘には甘いものだろう。しかもルナさんみたいな可愛らしい人なら尚更だ。

「厳しいってどんなところが？」

「接客だったり、礼儀作法だったり……私も昔はしょっちゅう怒られました。品物を売るより、まずはお客様や仕事をする仲間に対する礼儀を身につけろと。商売はお客様、生産者、そして私達商人がいて初めて成り立つものだから、そのことを忘れるなって」

「なるほど……お客さんのことを考え、一人じゃなくて皆と力を合わせてやれってことかな」

「一人じゃなく……皆で……」

抱きしめていたルナさんの身体が強張る。

「俺にはそういう人がいないけど、ルナさんはこの街にたくさんの仲間がいるから羨《うらや》ましいよ」

「そんなことありません！」

ルナさんが突然大声を出し、上目遣いで俺を見上げる。

「私は……私はリックさんの仲間であり、友人だと思っています」

俺もそうだったらいいなと思っていたけど、ルナさんの口からその言葉が聞けてすごく嬉しい。

「それと……私は父の言葉を……まったく理解していなかったようです」

「どうして？」

「塩について……一人でドルドランドへ行って買いつけ、盗賊に襲われ、そして結局今売れ残って、在庫になってしまいました」

ルナさんはポツリと現状を語ってくれた。

「それでこれからどうするの？」

「もう手遅れかもしれないですけど、皆さんに頭を下げて、何かいい方法がないか一緒に考えようと思います」

多少誘導してしまったけど、ルナさんは仲間を頼る決断をしてくれた。

「それなら俺も手伝うよ」

「ですがリックさんは商会の方でもないですし……」

俺はルナさんの唇《くちびる》に人差し指を置いて言葉を遮る。

「俺はルナさんの仲間で友人でしょ？　手伝う理由は十分だと思うけど」

俺だって商会や街の人達と同じように、ルナさんの力になりたい。だから受け入れてほしい。

「私はリックさんにたくさん助けられています……これ以上……これ以上頼ってもいいのでしょうか……」

ルナさんはうつむき、弱々しい声でそう言った。

「ルナさんの素直な気持ちを聞かせてくれると嬉しい」

そして数秒後、ルナさんは泣き濡れた顔を上げた。

「父が……お父さんが作った商会を……守りたいです。リックさん……私に力を貸してください」

やっとルナさんから本音と思われる言葉が出てきた。それなら俺の答えはもう決まっている。

「ああ、もちろんだ」

ウェールズ商会……色々汚い手を使ってくれたな。

そして何より、ルナさんの命を狙ったことが許せない。必ずその報いを受けてもらう。

さあ、ここからは反撃の時間だ。

だがこれからウェールズ商会に反撃するのはいいけど、俺達の距離がとても近いことに気づいてしまった。俺はルナさんを見下ろし、ルナさんは俺を見上げる。顔と顔の距離は二十センチ程だ。

ルナさんの鼻筋はスッと通っており、瞳《ひとみ》は大きくてクリッとしていて吸い込まれそうな感じがする。それに顔のパーツは均整が取れているため、本当に可愛らしいという言葉が似合う人だ。

さっきは思わず泣いているルナさんを抱きしめてしまったが、今考えると恋人でもないのにやりすぎだよな。

このまま離れるのはもったいない気がするけど……

今はここにある塩をなんとかしなくちゃならないので、名残惜《なごりお》しいけどルナさんから離れる。

「ま、まずは皆さんに謝る前に、やっておきたいことがあるけどいいかな？」

「な、何かいい方法があるのですか？」

なんとなく俺もルナさんも照れ臭くて、前のように話すことはできないけど、今はこの状態に慣れていくしかない。

「その前にルナさんにお願いがあるんだ」

「どんなことでしょうか？　リックさんの言うことならなんでもします」

なんでも！

一瞬思春期の男として、邪《よこしま》な考えが浮かんだけど、なんとか頭から振り払う。

「これから行うことは他言しないでほしい」

「わかりました。この命にかけて」

「いや、命がかかっていたら話してもいいから」

真面目なルナさんらしい答えが返ってきて、思わず苦笑いしてしまう。

俺はドルドランド産の塩を一瓶手に取り、魔法を使った。

イメージは海水を塩田に引き込み、太陽と風によって乾燥させる天日塩製法《てんぴえんせいほう》。

苦味を失くすためにマグネシウムの量は少なめで。

俺の両手の中で塩の瓶が光り、やがてその輝きが消えていく。

すると瓶の中の塩は、粒が大きくザラザラしたものから、粒が小さいサラサラしたものに変化した。

「えっ？　リックさん今何を」

ルナさんは目を見開き、塩の瓶の中身を凝視している。

「とりあえずこの塩の味を見てくれないか」

見た目も多少変わったが、まずはどんな味になったか確認してもらった方がいい。

ルナさんは瓶の蓋を開け、人差し指で塩を掬《すく》うと口に持っていく。

「これは！　塩辛いですけど苦味がありません！　こんなにおいしい塩を食べたの初めてです！」

よかった！　どうやらこの世界の人にも、受け入れられる味のようだ。

エールドラドの塩はマグネシウムの含有量が多く、苦味が強い。

これは自然にできた塩の結晶を、そのまま使っているからだ。

だから俺は海水から作る天日塩製法をイメージし、さらにマグネシウムの含有量を減らして、創聖魔法で塩を作ってみた。触媒としてドルドランド産の塩があったため、少量のＭＰで事足りたようだ。この分なら、おそらく残りの二百九十九本の塩を作ることも可能だ。

「これも使って食べてほしい」

俺は異空間から取り出した緑の野菜に塩をかけて、ルナさんに渡す。

「これってキュウリですか？」

「ああ……キュウリにさっきの塩を振っただけの料理なんだけど、食べてみて」

ルナさんは俺の言葉に従い、恐る恐るキュウリを口に運ぶ。

この世界でも通用する味なのか？　今の俺は料理マンガの主人公のような気分だ。

ルナさんは可愛らしく口をモグモグさせると、次第に笑顔になる。

「おいしい！　私、こんなにおいしいものは食べたことがありません！」

「よし！」

俺は思わずガッツポーズをした。

「いきなり新しい塩ですって売り出すより、このキュウリを試食してもらってから、塩を売り出せば買ってくれると思うけど……どうかな？」

「すごい！　すごいです！　塩を変化させる魔法もそうですが、実績がないこの塩を、料理を食べてもらってから販売する発想が素敵です」

ルナさんはまるで子供のようにはしゃぎ、塩の販売方法に賛同してくれた。

試食品を食べてもらい買う気にさせる。前の世界のやり方を真似しただけなんだけどね。

「後は残りの塩にも魔法をかければ……」

「申しわけありません。結局リックさんに押しつけてしまって……私はなんの役にも立ってないですよね」

ルナさんは自分の力不足を嘆《なげ》いて落ち込んでしまった。

「そんなことはないよ。今回俺が使った魔法は触媒となるものがなければ、膨大なＭＰが必要になるんだ。ルナさんがドルドランドの塩を用意してくれなかったら、新しい塩を作るのに数日かかってたよ」

「そう……ですか……リックさんのお役に立てたなら嬉しいです」

「それにルナさんは、この後販売する方を頑張ってもらわないと」

「はい、頑張ります」

残りの瓶にも魔法をかけ、一時間程で全ての塩を新しいものに変えることができた。

そして俺達はルナさんが用意してくれた台車に塩の小瓶を載せ、月の雫商会を出る。

これからルナさんと一緒に、先程月の雫商会に来てくれた人達の店に行き、この塩を販売してもらえないかお願いをしに向かう。

ルナさんの理想であるお父さんのように、便利な道具やおいしい食べものを仕入れ、そしてそれを街の人に提供して皆を笑顔にしたい。その夢を叶えるためには一人じゃなくて、仲間がいなくちゃダメだ。

今、ルナさんはその一歩を踏み出そうとしている。

「先程は嘘をついてしまったのですが、今さらこんなお願いをして大丈夫でしょうか……」

一度決意したはずのルナさんは、自信なさげな表情をしている。

だから俺はハッキリと断言した。

「心配ないと思うよ」

先程の様子を見る限り、ルナさんはあの人達から慕われているように思えたからだ。

「ルナさんって自己評価が低そうだね」

「だ、だって……父の後を継いでから何一つうまくいっていないから……皆さんがこんな私を見限ってもおかしくないですよ」

仕事だけできればいいってわけじゃないと思うけどね。

衛兵達も言っていたように、皆はルナさんの頑張っている姿を見て、応援したいと思っているはずだ。

だからルナさんがお願いすれば、きっと街の人達は協力してくれると思う。

「大丈夫、ルナさんの気持ちはきっと皆にも伝わるよ」

「そう……ですか。なんだかリックさんに言われると、なんでもできるような気がしてきました」

そう言ってルナさんは笑顔を見せてくれた。

これって……

その時のルナさんの笑顔を見て、俺は前にも同じような光景を目にしたことがあるのを思い出した。

あれは確か中学の文化祭だった。

文化祭の実行委員を誰もやらないのを見かねて、一人の女の子が立候補してリーダーとして頑張ろうとしていた。しかし、クラスメイト達は部活の方の出しものを優先していたな。

そして女の子は自分は帰宅部だから大丈夫と、クラスの出しものを一手に引き受けてしまったのだ。その時は俺も手伝ったが、結局俺達だけでは時間が足りなかった。その後、部活の出しものをやっている連中に、クラスの出しものも手伝うように、お願いをしに行ったことがあったな。

詳しい背景も、その女の子の名前や顔もはっきりとは思い出せないが、なんとなくその子はルナさんに似ていたような気がした。


もしかしてルナさんは前世の俺の知り合いで、転生者なのか？

はは……まさかな。

頭ではありえないと思っていても、俺はルナさんの顔をジーッと見つめてしまう。

「リックさん……そんなに見つめられるとはずかしいです」

ルナさんは顔を赤くしてそっぽを向いてしまった。

「ご、ごめん！」

俺はすぐにルナさんに謝ったが、なんだかむず痒《がゆ》い空気になり、そのまま無言で月の雫商会に協力してくれている人達のところへ向かった。

まず訪れたのは、昨日ウェールズ商会から嫌がらせを受けた八百屋だ。

「す〜は〜」

ルナさんは緊張しているのか、大きな胸を上下させて深呼吸している。

「大丈夫、ちゃんとお願いすればきっと協力してくれるよ」

「はい」

八百屋の店の中を見渡すと、店主が野菜を並べている姿が見えた。

「すみません」

ルナさんは意を決して店主に話しかける。

「おお！　ルナさんどうしたんだい？　何か俺に用事があるのかい？」

店主はルナさんに気づくと笑顔で出迎えてくれた。

「その……先程は申しわけありませんでした。塩を売る伝手があるなんて嘘をついてしまいました」

ルナさんと俺は、八百屋の店主に深々と頭を下げる。

「やはりな。月の雫商会を出た後、皆でルナさんが無理していないか心配していたんだ」

「すみません」

「でも今こうしてここに来て、本当のことを話してくれたということは、何か吹っ切れたんだろ？　それで俺は何をすればいい？」

八百屋の店主はこちらからお願いする前に、協力すると言ってくれた。

やっぱりルナさんは街の皆に慕われているなあ。

「ありがとうございます。この塩を銀貨十枚でもう一度販売してくださいませんか？」

「塩……か……」

店主は塩と聞いて顔を険しくする。

それもそうだ。塩が売れなかったから月の雫商会に返品したのだ。

「いいえ、これは確かに塩ですが、以前までのものとは比べものにならない程おいしいです」

「なるほど。見た目はさらさらだな。それで肝心の味は……」

八百屋の店主は、蓋を開けて掌《てのひら》に塩を振り、舌で舐める。

「こ、これは！　苦味がまったくない！　こんなにおいしい塩を食べたのは初めてだぞ！」

八百屋の店主は目を見開き、俺の創った塩に最大の賛辞をくれた。

「これなら野菜と一緒に食べてもうまいんじゃ……」

さすがは八百屋の店主。すぐさま自分のところの野菜と合うかを考え始めている。

「そう思いまして、こちらがこの塩に漬けて作ったキュウリの漬けものです」

異空間から出しておいたキュウリの塩漬けを八百屋の店主に渡すと、店主は早速味を確かめ始める。

「う、うまい！　うまいぞぉぉ！」

八百屋の店主はとてつもなく興奮して、キュウリの味を称賛した。

「この塩を銀貨十枚でいいのか？　二十枚でも買う奴がいると思うぞ」

価格については予《あらかじ》めルナさんと話し合い、前と同じ銀貨十枚と決めていた。

ただでさえ塩は高価なものなのに、これ以上高くしたら、本当に一部の人間しか使うことができなくなってしまうからだ。

それではルナさんの夢である、おいしいものを街の皆に食べてもらうという理念に反することになってしまう。

「ええ、銀貨十枚でお願いします」

「わかった。是非ともこの塩をうちに置かせてくれ！」

「ありがとうございます」

八百屋の店主の言葉に、俺とルナさんは声をシンクロさせ、お礼を述べる。

「はは、いいってことよ。こんなにうまい塩を置けるなんて、店の格が上がるってもんだ。それにしてもこんなすげえ塩をどこで手に入れたんだ。ひょっとしてそっちの兄ちゃんが？」

「は、はい！　リックさんが持ってきてくださいました」

「そうか……兄ちゃんありがとよ。ルナさんを助けてくれて」

「いえ、たまたまこの塩を持っていただけです」

「ルナさんにも頼れる人ができたんだな。今日はお祝いだ！　かあちゃんにも知らせねえと！」

八百屋の店主が、親戚のおじさんみたいなことを言い出した。

「けどそうなると街の若い奴らが……この兄ちゃん殺されるかもしれないな」

そして何か不穏なことを言ってないか⁉　殺されるってなんだよ！

「えっと……それはどういう意味でしょうか……」

「いやなんでもねえ。ほら、二人は他の店にも塩を配りに行くんだろ？　早く行った行った」

いや、滅茶苦茶気になるんですけど！

しかし八百屋の店主は、俺とルナさんを店から追い出すように背中を押してきたので、結局殺される理由については教えてもらえなかった。

その後俺達は、他の店にも塩の販売をお願いしに向かい、どの店も快《こころよ》く塩を置くことに賛同してくれた。しかしその際に店のおばちゃん達からも八百屋の店主と同じようなことを言われ、ルナさんはその度に顔を真っ赤にしていた。

「ルナちゃんに頼れる人ができてよかったよ。今度馴《な》れ初《そ》めを教えてちょうだいな」

「こちらの彼はルナちゃんを盗賊から助けてくれた人じゃない。二人は運命的な出会いをしたのね」

「あとは跡取りができれば月の雫商会も安泰だわ」

さすがに最後のおばちゃんの話には、俺の顔も赤くなってしまう。

……いかんいかん！　今は月の雫商会に協力してくれる店に頭を下げに行っているんだ！　こんな浮ついた気持ちじゃダメだろ！

だがこの後、比較的若い男が店主をやっている店に行くと、状況が一変してしまった。

ルナさんが見ているところでは「君！　ルナさんに協力してくれてありがとう！」と握手をしてきたりするくせに、ルナさんがいなくなると……

「調子に乗ってんじゃねえぞ！」

「てめえ、街の男達を敵に回したからな！」

「月のない夜には気をつけな」

などと散々恨み節を言われた。

一応勘違いをしている人達全員に、ルナさんとは恋人ではないと説明はした。

だけど、皆あまり俺の言うことを信じてくれない。

「ルナさんはこの男が好きなんですか？」

「す、好きってど、どういう意味ですか？」

「もちろん恋人としてです」

「す、す、好きじゃないですよ！」

いや、確かに恋人じゃないけどさ。そこまで大きな声で否定されるとへこむぞ。

「あ、いえ……友人として、仲間として好きですよ。こ、今後好きの内容は変わっていくかもしれませんけど」

ルナさんは頬を赤らめながら、若い男の店主に聞き逃せないことを言っている。

えっ？　それってどういうこと？　男女の友情的な感じでもっと好きになるってことですか？

それとも恋人として好きになるっていうこと!?

そんな顔を真っ赤にして言われると、期待しちゃうんですけど！

そして魚屋の女将《おかみ》さんには……

「ルナちゃんにいい人ができて安心したわ」

「ち、違います！　私なんかとリックさんは釣り合いません」

「あら？　釣り合う釣り合わないの話がなければ、リックくんと付き合うのはオッケーってことね」

「そ、それは……」

えっ？　オッケーなの！

それとも否定して、俺が傷つかないように配慮してくれているのか？

「ほら！　これでも食べて夜の生活も頑張りな！」

そう言って女将さんはウナギを二尾俺達に渡してきた。

ウナギを食べて精力をつけろと。

ベタなことをするな、と思わず苦笑してしまう。

しかしウナギを受け取ったルナさんは、頭にはてなを浮かべていた。

「ルナちゃんはうぶなんだね。こういうことだよ」

女将さんがルナさんの耳元で何かを囁くと、ルナさんの顔はたちまち真っ赤になった。

「そ、そんなことはまだできません！」

そして大きな声で拒絶していた。

「まだってことはいつか……」

「女将さぁぁん！」

すると恥ずかしがっているルナさんの叫び声が、魚屋の店内に響き渡る。

そしてそろそろ次へ行こうという時、ルナさんが女将さんに話があると言って、また魚屋に戻ってしまった。ここからだと二人の姿は見えるが声は聞こえない。

俺はルナさんが何を話すのか気になってしまい、つい聴覚強化のスキルを使ったのだが。

「あ、あの……先程の……夜の生活の話ですけど……今度詳しく教えていただけませんか？」

女将さんはルナさんの言葉を聞いてニヤリと笑う。

「いいよ……落ち着いたらうちに来な！　ルナちゃんにこんなに想ってもらえるとは果報者だねえ」

「べ、別にリックさんのために覚えるわけでは！」

「あら？　私は誰とは言ってないけど」

「女将さぁぁん！」

えっ？　俺のため？

いや勘違いするな！　ルナさんは俺のためとは一言も言ってない。

勘違いして暴走し振られるなんて話は、マンガではよくあるパターンだ。誤解するなよ俺。

そして戻ってきたルナさんと俺は、なんとなくぎこちない感じで塩配りを再開した。

だがどの店に行ってもこのような感じで、俺達が恋人同士だと思われてしまい、ルナさんはその都度真っ赤になるのであった。


塩を配り終えた帰り道。

俺は商店の人達から彼氏だの彼女だの言われて、ルナさんのことを意識してしまい、何を話せばいいのかわからなくなってしまった。そのため、会話のないまま月の雫商会へ戻ることになった。

「ルナさ〜ん！」

月の雫商会に辿り着くと、建物の前に八百屋の店主がいた。彼は俺達の方へ駆け寄ってくる。

「どうされましたか？」

「もしかして塩が売れないとか……」

日本産のものを真似た塩は、たまたまルナさんや店の人達の口には合ったけど、他の人にはおいしく感じられなかったのかもしれない。

そうなると、別の方法で塩をどうにかしないと、ルナさんが借金を背負ってしまう……

「逆だよ逆！　渡された二十本がすぐに売れちまって、新しい塩がないか聞きに来たんだ」

「『本当ですか！』」

どうやら俺の不安は杞憂だったようだ。

月の雫商会で売る予定だった塩瓶五十本がまだ残っているため、八百屋の店主に渡せる分はまだある。

「ちょっと待った！」

今度は背後から別の店の店主がやってきた。

「あたしの店に卸してくれた塩も売り切れてしまったから、こっちにも回してくれないか。キュウリを試食してもらったら瞬く間に売れたよ」

塩を求める店主はこの二人だけではなく、次から次へと月の雫商会にやってきた。

「リックさん！」

「ああ！」

これだけ話題になり売れれば、借金しないで済むどころか、選挙のアピールにもなったんじゃないか？

元々ルナさんは人気があるし、商会としての力も示せたんだ。明日の選挙にもきっと勝てるはず。

「なんだこの騒ぎは！　まともな商品を仕入れられなくて、頭がおかしくなったのか？」

突然、この盛り上がったムードを壊す声が聞こえてきた。

俺は声がした方を振り返る。

するとそこには、昨日八百屋に嫌がらせをしていた屈強な三人の男達がいた。

「どのような用事で来られたのですか」

ルナさんが前に進み出て、リーダー格と見られる奴と対峙する。

「いやいや、月の雫商会に協力している方々が集まっていたので、明日の選挙を諦める算段でもしているのかと思いまして」

「何故そのようなことをしなければならないのですか？」

「ルナさんが切り札にと考えていた塩が売れなかったことは知っていますよ。それならウェールズ様の奴隷になる条件で、塩を買っていただいたらどうですか？」

「それはいい！」

「さすがは兄貴だ！　ヒャアッハハッ！」

どうやらこいつらは、月の雫商会に協力する店主達が塩の販売を止めたところまでしか知らないようだ。

「お前ら何を言ってるんだ？　俺達は塩が売り切れて、ルナさんに在庫がないか聞きに来てるんだぞ」

「そうよ！　むしろ売れてないのはウェールズ商会の塩でしょ！」

店主達がルナさんに代わって男達に説明する。

「そんなバカな！　同じ産地の塩なら銀貨二枚安い、ウェールズ商会のものを買うだろ！　客は金を数えることもできないアホなのか！」

自分達の情報不足を客のせいにするとは。

ウェールズ商会はろくでもないところだということが改めてわかる。

「お客様をバカにするなんて……あなた方は本当に商会の人達ですか！」

ルナさんも、ウェールズ商会の奴らの客をバカにした態度は許せないようだ。

「実際ウェールズ商会がなければ、客達は法外な値段のものしか買うことができないだろ？」

「高い塩とかな」

男達は客や月の雫商会をバカにし、大声で笑い出す。

「多少高くてもおいしいものを売ることは悪いことですか？　私達の塩は、ウェールズ商会の塩よりおいしいと確信しています」

「ほう……ルナさんよ、面白いことを言うじゃないか。それ程言うのなら、月の雫商会の塩を味見させてもらえないか」

取り巻きに兄貴と呼ばれていた奴が、ルナさんに近づく。

「どうぞ……実際に私達の塩の味を確認してみてください」

ルナさんは台車から塩の小瓶を一つ取り、兄貴と呼ばれた人物の掌に塩を振る。

「ん？　この塩はサラサラしているな？　だがそれだけで味が変わるわけ……う、うまい！」

兄貴と呼ばれた人物は塩を舐めた後、思わずといった感じで賛辞の言葉を口にした。

「ほ、本当ですか、兄貴」

そう言って取り巻き達も兄貴の手にある塩を舐め始める。

「に、苦くねえ……」

「この塩と比べるとドルドランド産の塩は粗悪品だ」

取り巻き達も月の雫商会の塩に感嘆の声をあげ、腰を抜かしている。

「い、いったいどうやってこんなものを……」

兄貴と呼ばれた奴は、台車にある塩を睨みつける。

「だが失くなってしまえば問題ない！」

兄貴と呼ばれた奴は、背中に差した大剣を天高く構え、台車に向かって振り下ろす。

「ダメぇぇ！」

ルナさんは声をあげ、塩の小瓶を守るように手を広げた。

「塩もろとも死にさらせ！」

奴はルナさんがいても大剣を止めず、塩と一緒に叩き斬るつもりだ。

「させるか！」

俺は咄嗟に剣を抜いてルナさんの前に立ち、大剣を受け止めた。

「くっ！」

「リックさん！」

なんとか大剣からルナさんを守ることができたが、男の力の強さにうめく。

「ハッハ！　兄貴の剣を受け止めるなんてバカな奴だ！」

「兄貴は元々のパワーに加え、力強化のスキルも持ってるんだぜ！」

取り巻き達がご丁寧に説明してくれたが、俺はその能力が本当かどうか、鑑定スキルを使ってステータスを確認してみた。

名前：ゴンザ
性別：男
種族：人間
レベル：16／28
称号：ならず者・力自慢
力：199
素早さ：65
防御力：89

魔力：１５
ＨＰ：１８２
ＭＰ：５６
スキル：力強化Ｃ・大剣技Ｄ・強撃

脳内にゴンザの情報が入ってくる。

確かに力の数値が飛び抜けており、力強化のスキルも持っているようだ。

「余計なことをしやがって！　大人しく塩とルナを斬らせればいいものを」

「人を殺そうとするなんて、これはもう犯罪だぞ！」

目撃者もたくさんいる。正気の沙汰とは思えない。

「そんなものはウェールズ様がなんとかしてくれるわ！　現に俺は何人も人を殺しているが、こうして街を歩くことができている」

そういえば、ウェールズは衛兵とも繋がっているんだ。

それならこいつを無罪にすることも可能だろう。

こんな奴を野放しにしているなんて、絶対ウェールズを選挙で勝たせるわけにはいかない！

だが俺はジリジリとゴンザの大剣に押され、片膝をついてしまう。

「もうお前はこの大剣から逃げることはできないだろう。このまま無惨な結末を迎えるがいい！」

自画自賛するだけのことはあり、ゴンザの力は少なくとも今の俺より上のようだ。
以前自分のステータスを鑑定で確認した時は、確かこうだった。

名前：リック
性別：男
種族：人間
レベル：20／500
称号：元子爵家次男・勇者パーティーから追放されし者・女神の祝福を受けし者・異世界転生者・???
力：180
素早さ：121
防御力：182
魔力：2342
HP：235
MP：871
スキル：力強化E・スピード強化E・魔力強化D・剣技C・弓技D・鑑定・探知・暗視・聴覚強化

魔法：補助魔法クラス４・創聖魔法クラス４

ステータス上では俺はゴンザに負けている。

ちなみにスキルでアルファベットが振られているものは、Ｓが最も能力が高く、Ｅが最も低い。

レベルは分子が今のレベルで、分母はレベルの限界値だ。

そして、アルファベットでランク付けされた強化の補正値はこうなる。

E=10%
D=30%
C=50%
B=75%
A=100%
S=200%

ゴンザは力１９９で、力強化スキルがＣランクなので、合計が２９９になる。

対する俺は力１８０に力強化スキルがＥランクなので、合計が１９８になり、単純な力比べではゴンザに勝てない。

こうなったら剛力創聖魔法《クラフトジェネシス》を唱えて……

「今までも魔法で強化した奴が、俺に勝ったことはあった。だが純粋な力比べなら一度も負けたことはないぜ！　どこぞの勇者パーティーの荷物持ちよりは、確実に上だ」

ゴンザが突然そんなことを言い出した。

もしかしたら俺が元勇者パーティーの補助魔法使いだと知っていて、挑発しているのかもしれない。

「まあ魔法がなきゃ女も守れない雑魚だから仕方ないか。この筋肉の前にひれ伏すがいい」

正直ゴンザの筋肉はどうでもいい。

まずは俺の背後にいるルナさんを安全な場所に移動させないと。

「ル、ルナさんは今のうちに逃げてください」

「嫌です！　もしリックさんが怪我をするなら私のせいです。ですからリックさんを置いて私だけ逃げることなどできません！」

ルナさんは俺と心中するつもりか！

こうしている間にも俺は大剣に押され、ついには剣が肩に触れそうになっていた。

「くっくっく……俺のこの筋肉パワーに押し潰されて死んじまいな！」

なんだこいつは。前世の世界にいたら筋肉は裏切らないとでも言いそうだな。

だがどれだけ筋肉がすごかろうが、俺はゴンザに負けるわけにはいかない。

八百屋に対する嫌がらせ、塩を破壊しようとしたこと、そして何よりルナさんを殺そうとしていることが許せない。こういう奴は徹底的にプライドをへし折って、敗北を味わわせてやる！

まずは創聖魔法を使って、スキル力強化Aを作製する。触媒として元々スキル力強化Eがあるのでいけるはずだ。

「クラス4・創造創聖魔法《クリエイトジェネシス》！　スキル自体を強化すれば……！」

約700程のMPを消費したが、どうにかクラス4の創聖魔法でなんとかなったようだ。俺の体内で力強化のスキルがD、C、B……そしてAへと変換されていくのがわかる。

「スキル自体の強化だ!?　そんなことできるはずがない！　ハッタリだ！」

「どうかな？　お前は力に自信を持っているんだろ？　だったらその力の勝負で敗北するがいい！」

俺はゴンザの大剣を少しずつ押し返す。

「バ、バカな！　ありえん！　何故俺の筋肉がその細腕に押されるのだ！」

「それは単純に俺の力の方が強いからじゃないか？」

ゴンザは焦って額に汗をかいている。

「さっきまで俺に負けていたのは、演技だったというのか！　それとも本当にスキルが強化されて……」

今度は先程とは逆に、ゴンザに向かってジリジリと剣が迫る。

「自慢の筋肉もたいしたことないな」

「ふざけるな！　そんなことはありえない！」

「お前はルナさんに剣を向けるという大罪を犯した。その報いを受けるがいい」

剛力創聖魔法《クラフトジェネシス》を使えば勝負はあっという間についただろう。

だがゴンザに、自慢の力勝負で負けたという屈辱感を味わわせるため、あえて魔法ではなくスキルにこだわった。

結果として、ゴンザは目の前に迫る剣を見て絶望感を漂《ただよ》わせている。

「これで！　終わりだ！」

「や、やめろぉぉぉ！」

俺は力を込めゴンザの大剣を弾《はじ》くと、隙だらけになった顔面目掛けて回し蹴りを放つ。

するとゴンザは蹴りをまともにくらい吹っ飛ぶと、ゴミ箱に頭を突っ込み、ピクリとも動かなくなった。

前世ならともかく、ここでは残念ながら筋肉が全てじゃないんだよ。

「あ、兄貴！」

「信じられねえ……兄貴が負けるなんて」

取り巻き二人が慌ててゴンザに駆け寄るが、ゴンザは既に気絶していて起き上がる気配はない。

「ちくしょう！　ウェールズ様に報告だ！」

「覚えてやがれ！」

そう捨てゼリフを残し、取り巻き二人はゴンザを連れて逃げていった。

すると周りにいた、月の雫商会の協力者達から歓声があがる。

「ざまあ見ろ！」

「二度と来るんじゃないよ！」

ふう……なんとかなった。

ルナさんは大丈夫かな？

背後に視線を向けると、ルナさんは地面に座り込んでいた。

俺はルナさんに手を差し伸べ引っ張り上げる。

「リックさん……」

「ルナさん、大丈夫？」

「はい……けれどまた、リックさんの手を煩《わずら》わせることになってしまいました」

「そんなことないよ。ルナさんが後ろにいるから力が発揮できたんだ」

本当は危険だからすぐに逃げてほしかったけど、今言葉にするのは野暮《やぼ》だから止めておく。

そして二人で見つめ合っていると……

「私もあんなふうに守ってもらいたいわ」

「まるで英雄物語《サーガ》を見ているようだったね」

「くそ！　あんなところを見せられたら認めるしかねえ！」

「悔しいが、俺はルナさんが攻撃された時一歩も動けなかった。ルナさんの隣はあんたが相応しいよ」

ご婦人達はゴンザとの戦いを見て沸《わ》き立ち、男達は血の涙を流して俺達を祝福してくれた。

# 第八章　決戦！　ルナVSウェールズ

「バカ者！」

ウェールズ商会の執務室にて、肥満体型の男の声が部屋に木霊《こだま》する。

「申しわけありません。ですがリックとかいう奴のパワーが突然上がって……」

ゴンザは叱責した男、ウェールズに必死に頭を下げ、リックに負けた言いわけをしている。

「だからお前はバカなんだ！　リックとやらと戦っている時に、人を殺したと吹聴したらしいな！」

「は、はい。ウェールズ様のお力があれば、一人や二人殺したところで……」

「お前は人を殺したと宣言している商会に投票するのか！　まったく余計なことをしおって！」

ゴンザは力は強いが頭はよくない。ウェールズに指摘されて初めてとんでもないことをしてしまったと気づき、肩を落とす。

「それに塩だ！　あの小娘はどこで極上の塩を手に入れた！」

「月の雫商会が、午前中はドルドランド産の塩を売っていたのは間違いありません。ですが午後になって急に新しい塩を……」

ウェールズの護衛を務《つと》めているノイズが、調べた内容を報告する。

「くそ！　明日は投票日だというのに、予想外のことが二つも起きるとは！」

ウェールズは苛立ち、目の前にある机を蹴り飛ばし破壊した。

「調査の結果、今のところウェールズ様とルナの投票率は互角だと見ています」

「互角？　午前中までは、私が優勢だと言っていただろうが！」

「それだけゴンザの失態と月の雫商会の塩はこちらにとって致命的なものでした。ですが、ゴンザが人を殺害しているという情報が、明日一日だけで街全体に広がることはないでしょう。そして月の雫商会の武器は塩しかないため、完全にこちらが不利になったとは考えられません。ウェールズ商会には今まで街に食材、家具、雑貨など様々な商品を提供してきた功績があります。まだ負けたわけではありません」

「私が欲しいのは確実な勝利だ！」

「その件に関しまして、ナバルさんにはウェールズ様が絶対に勝つ策があるとのことです」

「ほう……どんな策だ」

ノイズとしては、ナバルの策はリスクもあるため使いたくはなかった。だが選挙の情勢から使わざるをえないと判断し、今日ナバルに聞いた策をウェールズに伝える。

「なるほど……確かにそれは確実に勝てる策だな。だが万一の時に備え、もし私が負けるようなことになれば……」

「承知しました。念のため準備しておきます」

ノイズは主人であるウェールズの心を汲《く》み、ルナを殺害する手筈《てはず》を整えるのであった。

◇　◇　◇

昨日はゴンザを倒した後、ご婦人達が完全に俺とルナさんを恋人だと思い込んでしまったので、その誤解を解くのにかなりの時間を費やした。母さんもそうだけど、どうして女性は恋愛の話が好きなんだろう。これは地球でもエールドラドでも変わらないということか。

今日は選挙の投票日。

ズーリエに来たばかりの俺と母さんには投票の権利はない。だが、一昨日ナバルとノイズの密会で聞いた絶対に勝てる方法というのが気になるので、投票会場に行くつもりだ。

「おじいちゃんとおばあちゃんも投票に行くの？」

「ええ……ルナさんに入れるつもりよ」

俺の問いにおばあちゃんが答えてくれて、おじいちゃんは相変わらずそっぽを向いている。

やっぱり俺はおじいちゃんに嫌われてるよ。少しでも仲よくなるために、今度おじいちゃんの肩たたきでもしてみようかな。

俺はそんなことを考えながら、投票と結果の集計が行われる衛兵の待機所へ向かう。

念のため、探知スキルでルナさんの様子を確認したが、普段通り月の雫商会で働いている姿が視えた。選挙結果がわかる日だからといって、特別なことをしているわけではなさそうだ。

それに比べてウェールズは、選挙に勝った時用の垂れ幕を用意したり、祝勝会をするための会場準備の指示を出したりしていた。

これで負けたらバカ丸出しだな。

とりあえず今のところ、ウェールズ本人におかしな動きはなさそうだ。そうなるとやはりナバルとノイズの動向が気になる。

俺は目的地である衛兵の待機所に到着すると、すぐさま二人を探す。するとナバルは不審な奴らがいないか警備をしていて、ノイズは投票箱の近くで人を観察しているのが見えた。

あれ？　投票する場所に着いたけど人が全然いないな。いるのは街の入口で出会った、若い二人の衛兵と中年の男性一人だけだ。

投票時間は十時から十七時。今は十一時だからあと六時間ある。

だけどいくらあと六時間あるからといって、人が少なくないか？

もしかしたらこの世界も有権者は政治に絶望していて、投票率が２０％くらいしかないのかと考え始めた時、背後から声をかけられた。

「あら？　ルナちゃんの彼氏じゃない。今日は一人なの？」

昨日塩の販売をお願いしに行った時、精がつくものと言ってウナギを渡してきた女将さんだ。

ちょうどいいからこの状況について聞いてみるか。

「ルナさんの恋人じゃないです。それより選挙の投票率はいつもどれくらいなのか教えていただけないでしょうか？」

「つれないわね。確か九割くらいはあったと思うけど」

９０％！　日本の投票率とは全然違うな。

「それにしては人が少ない気が……」

この街の規模なら、投票者は五千人くらいはいそうだけど。

「投票所は全部で五つあるからね。最終的にここの待機所に票を集めて集計するのよ」

「そうですか。どうりで投票者が少ないと思いました」

確かに、街の中央に位置する衛兵の待機所まで来るのは面倒くさそうだ。

それが理由で投票率が落ちたら元も子もない。

「それじゃあ私も投票に行ってくるよ」

「はい……引き留めてしまいすみませんでした」

「別にいいのよ。それより昨日はうちのウナギを食べて精力ついたかい？　今度は客として来ておくれよ」

魚屋の女将さんは笑いながら、投票所の中へ入っていった。

いくら自分の部屋があるとはいえ、昨日は祖父母の家でウナギを食べたことで、大変な目にあったぞ。

相手がいるならいいけど、正直今の俺は生殺し状態です。

しばらく投票所に来た人を眺めながら、探知スキルでナバルとノイズを視ていると動きがあった。

ナバルが待機所の奥へ行き、一番装飾品が豪華《ごうか》そうな部屋で、初老の男性と話し始める。

この人って……ナバルに似ているよな。

ということは、ルナさんが言っていた選挙を統括しているナバルの父親か？

そして部屋の中を注視していると、初老の男性がナバルに投票箱を渡した。

投票箱は既に設置されているのに、もう一つあるなんて怪しいな。

何か中に入っているのだろうか？

俺は気になって、探知スキルで投票箱の中を確認してみた。

……なるほどね。ホントベタなやり方をしてくれるよ。

選挙を管理している者が不正をしていたら、ルナさんが勝つ確率は限りなくゼロに近くなる。

あの投票箱の中のもので、ナバルと父親が完全に黒だとわかった。

後は不正を正すタイミングだが、なるべく人が見ている時がいい。

俺はナバル達が行おうとしている不正を今すぐには告発せず、このまま投票時間が終わるのを待つことにした。


そして太陽が傾きかけた頃、投票が終了した。

これで街の代表者が決まる。

ルナさんとウェールズ、どちらの応援をしている人かはわからないが、いち早く街の代表を知るためか、待機所の前には続々と人が集まってきている。

そして西からルナさんが、東からはウェールズが現れ、ちょうど待機所の前で鉢合わせることになった。

「これはこれは。わざわざ自分が敗北するさまを見に来るとは、酔狂《すいきょう》な方ですな。初めから立候補などせず、街の代表を私に譲って置けばいいものを」

「私は負けません。私には心強い味方がいますから、必ずあなたに勝って、皆さんが安心して暮らせる街を作ってみせます」

「威勢がいいな。そういうことは代表者になってから言ったらどうだ。まあ私がいる限り、そのような未来が来ることはないがな」

「そのセリフ、そっくりお返しします。ウェールズさんこそ代表者になってから言ってほしいですね」

二人の間でバチバチと火花が飛び散る。

普段温厚なルナさんも、盗賊を使っての襲撃、塩の同時販売を経て、ウェールズ商会にはかなり頭に来ているのだろう。

前世の世界でも、政治家の中には賄賂《わいろ》や口利きなど悪事を働く輩がいる。この世界、少なくともこの街では、日本程チェック態勢が整っていないから、権力者はやりたい放題だろうな。ウェールズが権力を握れば、今俺が想像したことを必ず実行するだろう。クリーンな政治を行うためにも、ルナさんには必ず勝ってほしい。

街の人達も一時のことだけで判断せず、長期的に見て正しい方へ投票してほしいが、果たしてどうなるか。

「それではこれより開票致しますので、皆さんここから退出してください」

ナバル似の初老の男性が投票箱を持ち、待機所の奥へ向かう。

そして、その様子を見てノイズとウェールズがニヤリと笑みを浮かべたのを、俺は見逃さなかった。

ここにどれだけウェールズの息がかかった者がいるのかわからないが、このまま待機所の密室で開票されたら、ルナさんは負ける。

それだけは阻止しなくては。

「開票はここでやったらどうだ！　その方が皆もすぐに結果がわかって、盛り上がると思わないか？」

「「なっ！」」

俺の言葉に瞬時に嫌悪感を示したのは、ノイズ、ウェールズ、そしてここから退出しろと言った初老の男性だ。

ナバルもこの場にいたが、何故か少し離れた位置で様子を窺っているようだった。

ルナさんも俺の行動は予想外だったようで、驚いた表情をしている。

「何をバカなことを！　これから奥の部屋で開票するので、皆さんはそのまま結果が出るのをお待ちください」

「そうだ！　この街のことをよく知りもしない奴が勝手なことを言うな！」

当然ながら初老の男性とウェールズは反対する。

「ここで開票してはダメな理由でもあるのか？　たとえば……不正ができなくなるとか」

「な、何を根拠にそのようなことを！」

俺の指摘に対してノイズと初老の男性はポーカーフェイスを貫くが、ウェールズは明らかに動揺していた。

わかりやすい奴だ。やはり待機所の奥の部屋にある投票箱を使うつもりなのか。

「不正をしてないというならいいじゃないか！」

「なんだか面白そうだな。俺もここで開票するのに賛成だぞ」

「ウェールズ様！　俺達の前で勝利する姿を見せてくださいよ！」

周囲にいる住民達は、敵味方関係なく俺の意見に賛同してくれる。

まあ目の前で決着がつくなんて、普通に楽しそうだからな。

「私はここで開票することに異論はありません。街の皆様も求めていることですから」

そして対戦相手であるルナさんも、俺の意見に同調してくれた。

もしウェールズが反対し続けたら、世間からは逃げたと思われるだろう。

さあウェールズ、お前はどうする？

「そのような開票の仕方など聞いたことがない！　開票は昔から待機所の奥の部屋で行うと決まっている！　そのやり方を変える必要はない！」

やはりウェールズは乗って来なかったか。

もしこちらの思惑に乗ってしまったら、ルナさんに負ける確率がかなり高いと踏んでいるからだろう。

前世の世界でもそうだが、一定数の者は権力と莫大《ばくだい》な報酬《ほうしゅう》を得ることが目的で選挙に勝とうとしている。そのため、街をよくするとかそういうことはどうでもよくて、当選したら自分に従う者は優遇し、従わない者は冷遇するつもりなのだろう。皆の意見を聞こうとしないウェールズもそのタイプだ。だからこそ、ウェールズみたいな奴を街の代表にするわけにはいかない。

「あれ？　一昨日言っていたことと違うなあ」

「なんだと？」

「確か私は皆さんの声を聞き、新しいことにチャレンジして、この停滞したズーリエを動かすことを約束しますって、言ってなかったか」

「ぐっ！」

「お前が言う街の皆は、ここで開票することを望んでいる。そんな昔のやり方に囚われていないで、今こそ公約通り、新しいことにチャレンジするべきじゃないのか？」

「それは余所者のお前が言うことではない！　ネルド！　早く待機所の奥の部屋で開票してこい」

「そ、そうですね。今回は今まで通り、私達選挙管理委員のみで開票します」

初老の男性、ネルドはウェールズの指示に従って、今まで通り待機所の奥で開票することを決めたようだ。

「何故ウェールズはここでの開票を拒んだのだろう」

「まさか本当にやましいことをしているんじゃ」

「ウェールズはネルドさんに命令していたし、もしかして二人は……」

街の人達は、今の俺とウェールズ、ネルドのやり取りを見て、不正を疑い始めたようだ。

しかし結局このまま待機所の奥の部屋で開票されれば、ウェールズの勝利となり、全てなかったことにされてしまう。

だが。

「間に合ったか」

この時待機所の東西南北から、俺が時間稼ぎをしてまで待ち望んだものが到着した。

「あれはそれぞれの区画で行われた投票箱だね」

八百屋のおばちゃんが説明してくれた通り、あれはズーリエの北区、東区、南区、西区の場所で集められた投票箱だ。

これでこの中央区画にある投票箱で、全ての票がここに集まったことになる。

その間住民達は不正を疑い、騒然としていた。

今のうちにやるべきことをするか。

俺はズーリエの街の入口で会った、若い二人の衛兵に小声で話しかける。

「ちょっとお願いしたいことがあるんだけど――」

「わかった。ちょっと待っててくれ」

二人の衛兵は俺の話を聞いてくれて、奥の部屋へ向かう。

「リックさん」

そして俺が衛兵の二人に頼み事をした後、ルナさんがやってきた。

「ウェールズさんは不正を働いていたのですか？」

「いや、まだしてないけど、これからしようとしていたから先に止めさせてもらった」

「それはいったい……」

ルナさんが首をかしげていると、先程俺が頼み事をした衛兵二人が、投票箱を持って現れた。

「あれ？　なんで投票箱が二つもあるんだ！」

俺は周囲の人達がわかるように、わざと大きな声をあげる。

「投票箱が二つ？」

「いったいどういうことだ？」

住民達も、衛兵達が奥の部屋から持ってきた投票箱を見て、疑問を持ったようだ。

「そ、それは投票箱が壊れた時の予備だ。勝手に持ってくるんじゃない！」

待機所の奥に置いてあった投票箱をここに持って来られるのは予想外の事態だったのか、ネルドは慌てている。

よし！　これで少なくとも、あの投票箱はネルドに関係あるものだと周囲の住民に認識させることができたな。

「その投票箱に何か入っていますか？」

「入っている……振るとカサカサと音がするぞ」

「その中身をここで出してもらってもいいですか？」

「や、やめろ！」

ネルドとウェールズ、そしてノイズは、投票箱を開けようとした衛兵の行動を阻止しようと動く。

だが、もう遅い。

衛兵が投票箱を逆さまにすると、大量の用紙が地面にぶち撒《ま》けられた。

「なんだこれは？」

「紙？」

近くにいた住民達が、床に散らばったものを手に取り、投票用紙だと把握《はあく》したようだ。

「ですが、何故このようなものが、使われていない投票箱に入っていたのでしょうか？」

「ルナさん、紙をよく見てくれ」

「え～と……ウェールズさんの名前が書いてありますね」

「そうだね。だけど投票箱はさっきここに来た北区、東区、南区、西区……そしてそこにある中央区画の投票箱だけのはずだ」

「それなのにもう一つ投票箱があり、ウェールズさんの名前が書いてあるものが……まさか！」

そう、これは正規に投票されたものではない。おそらく開票時に混ぜて集計するか、それぞれの区画の投票箱とすり替えようとしていたのだろう。

「こっちの用紙はウェールズだ。ルナさんの票はないのか」

「こっちもウェールズだ。ルナさんと書いてある」

「こっちも……こっちもウェールズだ！　この箱にはウェールズの票しかないぞ！」

「まだ開票してないよな？　各区の票を選別してもないのに、これはおかしくないか！」

「ま、まさかさっきの青年が言っていたように、本当に不正を……」

住民達は床に散らばった投票用紙を見て、ウェールズとネルドに疑惑の視線を向ける。

「どういうことだ」

「まさか選挙管理委員であるネルドさんまでグルになって」

「ふざけたことしやがって！　こんなことをしてズーリエの代表になれると思うなよ！」

不正がバレて、ウェールズとネルドは目を泳がせている。

これでこの二人は詰んだ。もうこの選挙はルナさんの勝利で決まりだろう。

だがなんとなくこの先のことが予想できる。

政治家という奴は見苦しい生きものだから、このまま素直に罪を認めるとは到底思えない。

「ネ、ネルド！　まさかお前がこんなものを用意しているとは！　このようなことは選挙に対する冒涜《ぼうとく》だぞ！　恥を知れ！」

なんとウェールズは、罪を全てネルドに擦《なす》り付けた。

本当に俺の予想通りのことをするな。前の世界では、政治家が自分の犯罪を秘書がやったことにしていたけど、まさにそれと同じだ。その外道《げどう》な行いには吐き気すら覚える。

「そ、そんなあ。私が投票箱に記入済みの票を入れておくことは、ウェールズ様もご存じでしたよね」

「し、知らん！　そもそも私はこんな奴との付き合いはない！」

さっきまでネルドのことを呼び捨てにしていたくせに、白々しい。

「私は帰る！　ノイズ行くぞ！」

「はっ！」

ウェールズはノイズを引き連れて、一目散《いちもくさん》に逃げ出した。

このまま逃がしてたまるか。

「待て！」

俺はウェールズとノイズを捕まえに向かったが、人が多くて前に進めなかった。

代わりに、不正に怒り狂った住民達と衛兵達が、二人を追いかけていく。

本当は自分の手で決着をつけたいところだが、ウェールズの仲間が潜《ひそ》んでいる可能性がある。ルナさんの側にいた方がいいだろう。

「それではあの二人のことは、良心ある衛兵に任せることにして、開票を行いましょう。もちろん住民の皆さんが見ている前で集計するということでよろしいですよね？　ネルドさん」

「わ、わかった。好きにしてくれ」

ネルドは不正がバレて諦めたようだ。

俺の声に従って選挙管理委員の者達がこの場で開票を始める。

すると周囲の住民達から一斉に声が上がった。

「これで公正な選挙ができる！」

「ウェールズの汚いやり方にはうんざりしていたんだ！」

「正々堂々とやればルナさんが負けるはずがない」

正直な話、今回の不正をネルドだけで行おうとしたとは思えない。きっと今集計をしている何人かは、ウェールズ派なのだろう。だが今は住民達の目があるので、下手なことはできないはずだ。

後は選挙の結果とウェールズが捕まるのを待つだけだが、一つだけ懸念事項《けねんじこう》がある。

それはここまで動きを見せていないナバルの存在だ。

奴も今回の陰謀に加担していたのは間違いない。

ウェールズが逃げ出し、父親も捕縛された今、何を考えているのだろう。

俺がナバルを不気味だと思っている間に、ネルドは縄で縛られたまま、衛兵達に尋問され始めた。

だが、「私は何も知らない、ウェールズとの繋がりはない」などと喚き散らしており、一向に罪を認める気がない。

ナバルもネルドの息子ということで同じ様に捕縛されることになったが、黙秘を続けており、こちらからも情報は得られなさそうだ。

そしてそうこうしている内に、選挙管理委員の手によって投票の集計が終わり、選挙結果の発表が始まった。

「開票結果が出ました。これよりズーリエの代表者の発表をします」

ネルドの代理と思われる人が宣言すると、先程の騒ぎが嘘のように周囲から音がなくなる。

ルナさんは両手を合わせて、祈るように目を閉じていた。

ウェールズは不正の件が明るみに出れば、代表者の資格を失うと思うが、ジルク商業国で権力を持っている者がウェールズの味方だったりすると話は変わってくる。

確かに投票箱の件が成功したら、ウェールズが有利になっていたが、本人が関わったという証拠はない。証拠がない中で権力者が出てくれれば、奴は罪に問われない可能性があり、選挙でウェールズが勝てば、そのまま代表者になることも考えられる。

だからまずこの不正がない選挙でルナさんの勝利を確定させ、代表者の地位を手に入れてほしい。

「今回の選挙は投票率92・8％。ウェールズさんの投票数は二千百二十八票。そしてルナさんの投票数は二千五百十二票。従ってズーリエの街の代表者はルナさんに決定しました」

司会者がルナさんの勝利を宣言すると、辺りは一斉に沸いた。

「勝った！　ルナさんが街の代表者だ」

俺も喜びのあまり、つい声をあげてはしゃいでしまう。

「私が……この街の……代表者……」

ルナさんは自分が街の代表になったことが信じられないのか、どこか夢現《ゆめうつつ》な感じで立ち尽くしている。

「ああ、街の代表はルナさんだ。ウェールズに勝ったんだ」

「や……やったあ！　選挙に勝つことができたんですね！」

ルナさんは我に返った瞬間、よっぽど嬉しかったのか、俺の胸に飛び込んできた。

「ありがとうございます！　これも全てリックさんのお陰です。リックさんがいなかったら私……」

「俺はただ、ルナさんみたいな素晴らしい人こそ街の代表になるべきだと思って、少し手を貸しただけだよ」

「リックさんには出会ってから助けられてばかりで……本当にありがとうございます」

ルナさんが選挙に勝って本当によかった。

もちろん初めからルナさんに勝ってほしいと願っていたが、前世にいた政治家のような汚い手を使うウェールズには、絶対に負けてほしくなかったのだ。

これで不正の件のお咎めがなかったとしても、ウェールズが街の代表に就任することはなくなったはずだ。

それにしても票は僅差《きんさ》であったため、もしあの不正の投票が使われたらルナさんは負けていたな。

たぶんこの街の人達も、ウェールズが悪人であることはわかっていたと思う。それでも、満足に食料が調達できないこの世界では、生活が困窮したらウェールズの資金力に頼らざるをえないということなのだろう。

嫌な世界だな。

けどだからこそ、この世界を住みやすいものにするためにも、ルナさんが代表になるべきなんだ。

やはり間違っている者ではなく、正しい者が上に立つ世界であってほしいからな。

「ルナちゃんと彼氏さん」

俺達が喜んでいると、突然八百屋のおばちゃんが俺の肩を叩いた。

彼氏さんって俺のことか？

「代表者に選ばれて嬉しいのはわかるけど、そろそろいいんじゃないかねえ」

ん？　そろそろいいってどういうことだ？

「熱々の二人には当選したお祝いに、精がつくものをプレゼントした方がよさそうだ」

精がつくものって……魚屋の女将さんと同じ事を。

そんなことをしたら俺の欲望が抑えきれないぞ。

俺は邪なことが頭をよぎり、今の自分の体勢に気づいた。

華奢な肩、ふくよかで柔らかい胸、いつまでも嗅いでいたくなる香り……そうだ！　俺は今ルナさんを抱きしめているんだ！

「こここ、これは！」

そしてルナさんも今の状況に気づき、慌てて俺から離れる。

「す、すみません！　つい当選したことが嬉しくて……嫌でしたよね？」

ルナさんがしょんぼりしながら、上目遣いで問いかけてきた。

「嫌じゃないよ……むしろ嬉しかったというかなんというか……」

美少女に抱きつかれて嫌なんて言う人がいるのか？　いやいない。

むしろ幸せな時間をくれてありがとうと、感謝したい気分だ。

「精のつくニンニク、オクラ、アボカドを送るから夜の生活も頑張んな」

ルナさんは八百屋のおばちゃんの言葉によって、さらに真っ赤になってうつむいてしまう。

「あらあらお似合いの二人だねえ」

「ちくしょう！　俺達のルナさんが！」

「だけど今回ルナさんを助けたのはあいつだ。悔しいが、俺達には何も言う資格はねえ」

年配の方々は俺とルナさんを恋人だと思って祝福し、若者達すら、恨み節を言いながらも俺のことを認めてくれているようだった。

こうしてウェールズの不正を防ぎ、ルナさんが街の代表になって安堵していた俺達だったが、突如このムードに水を差す報告がもたらされた。

「た、大変です！　ウェールズとノイズに逃げられました！」

その衛兵の報告で、辺りは騒然となる。

ウェールズ達に逃げられた？　ここに来てもう一波乱あるのか、あまりよくない展開だな。

しかし逃げたということは、奴らにはやはり後ろめたいことがあるんだ。

だが姿を消して何をする？　もし俺がウェールズだったら……

ウェールズの立場になって考えると、二つの結論に辿り着いた。

一つは先程も考えたように、権力者のところに逃げ込み、不正の罪を不問にするという結論だ。

けれど俺としては、もう一つの方の可能性が高いと思っている。

ウェールズは自己顕示欲《じこけんじよく》が強い奴だ。

年下の小娘と小僧に恥をかかされ、相当憤慨《ふんがい》しているだろう。

おそらくこの後取る行動は……

一応探知スキルを使って、ウェールズとノイズの居場所を探ってみたが、既に範囲外にいるようで、発見できなかった。

こんなことなら、ウェールズには初めから探知スキルを使っておくべきだったか。だけどそうしていたら、頭の中に入る情報量が多過ぎて、ナバルやここにいるウェールズ派が突然襲ってきた場合に対処できなかっただろう。

「ちくしょう！　ウェールズの奴、不正がバレたからって逃げやがったな！　一発ぶん殴ってやればよかったぜ！」

「金があるからって何をしてもいいと思っているのか！　俺は前からあいつが気にくわなかったんだ」

「いくら品質がよくても、もうウェールズ商会で買いものは絶対にしないわ」

住民達は溜まっていた不満を爆発させ、ウェールズに対する罵詈雑言《ばりぞうごん》が飛び交っている。

当然といえば当然だけど、ウェールズの奴は人気ないな。

これは不正の罪が帳消しになっても、もうここで商売はできないんじゃないか？

まあ自業自得なので同情の余地はない。

「皆さんお静かに！　ウェールズは必ず衛兵の誇《ほこ》りにかけて捕まえて見せます」

ウェールズへの批判が鳴りやまぬ中、選挙管理委員が声高に宣言すると、周囲は段々と落ち着きを取り戻していく。

誇りにかけて……か。

そのセリフはウェールズを捕まえ、衛兵の中の膿《うみ》を出してから言ってくれ。住民を守るはずの衛兵が、金がある奴にすり寄って不正を働くなんて許されることじゃない。街の人達の信頼を取り戻すためにも、今度こそ裏切らないでほしいものだ。

「それではルナさん……いえルナ代表は、当選の手続きを行いますのでこちらへ」

ルナさんは大歓声の中、衛兵達に守られながら待機所の奥の部屋へ向かった。

# 第九章　ルナの隠された称号

夕焼けの赤が徐々に消え、暗い夜の闇が広がってきた。

既に夕食の時間になっているためか、街の中央区画付近からも人が少なくなっていく。

俺はウェールズがまだ捕まっていないこともあり、待機所の前でルナさんの当選手続きが終わるのを待っていた。

そしてルナさんが待機所の奥の部屋に行ってから、一時間程経った頃。

「リックさん」

ルナさんが奥の部屋から出てくると、こちらに向かって走ってきた。

「改めて当選おめでとう」

「ありがとうございます。もしかして私を待っていてくださったのですか？」

「ウェールズがまだ捕まっていないからね」

「すみません。ご迷惑をおかけして……」

「ルナさんが悪いわけじゃないし、俺が勝手にやっていることだから」

そう……悪いのはルナさんじゃなくてウェールズだ。一刻も早く衛兵が捕まえてくれるといいが。

「ウェールズさんはどこに行ったのでしょうか？」

「わからないけど、一つの可能性として考えられることはある」

「それは……」

もしかしたらルナさんを怖がらせてしまうかもしれないけど、注意喚起をする意味でも俺が推測したことを……いや、確信したことを伝えよう。

「たぶんルナさんと俺に復讐《ふくしゅう》するつもりだと思う」

「えっ！」

俺の言葉を聞いて、ルナさんは真っ青になって震えている。

無理もない。ルナさんはドルドランドからズーリエに帰る時も殺されかけたのだ。

おそらくその時のことを思い出しているのだろう。

そんなルナさんに対して俺ができることは……

「今日は俺の家に泊まらないか」

「えっ!!」

ルナさんは、先程以上に驚いて声をあげた。

「と、泊まるって……今日の夜、リックさんのお家にですか？」

「うん。一緒にいた方がいいと思うんだ」

いつウェールズ一味が襲ってくるかわからないから、ルナさんを月の雫商会に置いておくのは心配だ。

「でも……決して嫌だというわけではないのですが、私達はまだ知り合って間もないというか……」

また人に迷惑をかけたくないと考えているのか？

だけどこれは命に関わることだ。少し強めに言った方がいいかもしれない。

「時間なんか関係ないよ。何も言わずに今日は俺のところに来てほしい」

俺はルナさんの肩に手を置き、真剣な想いを伝えるため、彼女の顔を真っすぐに見つめる。

これ以上彼女を傷つけるような真似はさせない。ルナさんは俺が守る！

そして、五秒、十秒と時が経った。ルナさんがゆっくりと口を開く。

「わ、わかりました……ふ、不束者《ふつつかもの》ですがよろしくお願いします」

「ああ、任せてくれ」

ルナさんは顔を赤らめ、まるでお嫁に行くかのようなセリフを口にして同意してくれた。

「リ、リックさんって情熱的な方なんですね……」

「そ、それはルナさんだから」

ルナさんみたいないい人が、ウェールズのような悪人の手にかかるなど許せない。説得も必死になるさ。

「私……リックさんを信じてついていきます。ですがその……身体を清めるお時間はください」

「わかった」

今日はズーリエの街の代表を決める戦いがあったから、緊張して汗をかいてしまったのかな？

女性だし、他人の家に泊まるから気になるのだろう。

とにかくルナさんの説得は成功した。しかし、探知スキルで周囲を警戒しているとはいえ、いつウェールズの手の者が俺達を襲撃してくるかわからない。

そのためにも、まずはこちらの戦力を確認しておこう。

「ルナさん……その、一つお願いがあるんだけど」

「リックさんは私の大事な人……なんなりとお申しつけください」

だ、大事な人！　ルナさんにそこまで言ってもらえるなんて素直に嬉しいぞ。

「ありがとう。それじゃあルナさんの能力を把握するために、鑑定のスキルを使ってもいいかな？」

「能力を把握？　リックさんはそのようなスキルを使うことができるのですか！」

「うん。でももし嫌なら……」

「大丈夫です！　どうせこの後ベッドの上で、私の全てを知られてしまいますから」

後半部分は声が小さくて何を言っているかわからなかったけど、とりあえず鑑定スキルを使う許可を得られた。

「ありがとう。それじゃあ早速使わせてもらうね……鑑定」

そして脳内にルナさんのステータスが入ってきたのだが。

俺はとんでもない事実に絶句してしまう。

これがルナさんの鑑定結果……だと……

**名前：ルナ**
**性別：女**
**種族：人間**
**レベル：8／100**
**称号：商会の代表者・ズーリエの街の代表者……**

ここまではいい……レベルの限界値が高い以外は至って普通だ。

だがこの後にさらに二つの称号と、他にはない項目があった。

三つ目の称号は【？？？】。

これは俺も持っているが、何か条件をクリアすると開示されるのだろうか。

そして特に驚いたのは四つ目の称号だ。これは本人に伝えていいものか憚《はばか》られるものだった。

「私の能力はどうですか？　何か珍しいスキルとかありましたか？　もしかしてすごいスキルがあったりして……えへへ」

「そ、それは……」

目をキラキラさせて問いかけてくるルナさん。
なんて答えればいいんだ。
俺は何かの間違いじゃないかと、もう一度鑑定スキルを使い結果を確認してみる。

名前：ルナ
性別：女
種族：人間
レベル：8／100
称号：商会の代表者・ズーリエの街の代表者・？？？・むっつりスケベ
好感度：A⁻
力：22
素早さ：36
防御力：29
魔力：452
HP：62
MP：192
スキル：魔力強化E・簿記・料理・掃除

やはり見間違いじゃない。ルナさんの称号に【むっつりスケベ】がある。あの真面目なルナさんが？　いやいや、スキルがうまく発動しなかっただけだな、うん。

「ごめん。もう一度鑑定スキルを使ってもいいかな？」

「ん？　何かあったのですか？」

「いや、一応確認のために……」

「いいですよ。何回でも使ってください。でも私の能力をちゃんと教えてくださいね」

「あ、ああ」

さっきの鑑定が見間違いじゃないなら、とてもじゃないが本当のことを伝えるわけにはいかないぞ！

実はルナさんの称号に【むっつりスケベ】っていうのがあるんだ。清楚に見える女の子程エロいこと考えているって本当だったんだね、アハハ……なんて言えるわけないわ！

待て待て。

実は俺がウェールズ一味から、幻覚の魔法をかけられているという可能性も否定できないよな。

そうだ！　そうに決まっている！

自分にも鑑定スキルをかけて、ステータスを確認してみよう。

しかし俺のステータスには、一つ変わった項目があるのを除き異常はなかった。
この変更点は状態異常とは関係ないので後で考えるとしよう。
他に考えられることは……夢か。そうだ、さっきは夢を見ていたんだな……うん。
まだルナさんが【むっつりスケベ】の称号を持っていると決まったわけじゃない。
と、とにかくもう一度鑑定を使ってみよう。
「鑑定！」
そして、再度ルナさんのステータスが脳内に入ってくる。

名前：ルナ
性別：女
種族：人間
レベル：8／100
称号：商会の代表者・ズーリエの街の代表者・？？？・むっつりスケベ
好感度：A⁻
力：22
素早さ：36
防御力：29

魔力：452
HP：62
MP：192
スキル：魔力強化E・簿記・料理・掃除
魔法：神聖魔法クラス1

うん。見間違いじゃない。どうやらルナさんはむっつりスケベのようだ。現実逃避をしてみたが結果は変わらない。そろそろ事実を認めようか。

でもよくよく考えてみると、清楚系美少女のルナさんが実はエッチな妄想をしているなんて……最高だな。

これからルナさんを見る目が少し変わってしまいそうだ。

「リックさん、私のステータスはどうでしたか？」

「え～と……レベルが今8で、上限が100だからまだまだ成長できるよ。それと、【？？？】という称号があるから、何か条件をクリアすると開示されるかもしれない」

「これから得る称号でしょうか？　なんでしょう？」

「わからないな。あと、ルナさんって神聖魔法を使えるのかな？　クラス1って表示されていたけど」

「いえ、私は一度も魔法を使ったことはないです」

「そうなんだ」

おかしいな。でも鑑定では使えることになっている。もしかして俺の鑑定スキルが異常を来《きた》しているのか？　そうだよな。やっぱりルナさんがむっつりスケベなんて変だと思った。

だけど一応確認だけしておこうか。

「ルナさん、掌に魔力を込めて、クラス1・高回復魔法《ハイヒール》って唱えてみてくれないかな」

「えっ？　私がですか？」

「うん。鑑定が間違っていないかちょっと試して欲しい」

「わ、わかりました。できなくても笑わないでくださいね」

ルナさんは集中するために目を閉じて、両手を前に突き出す。

そして魔力を掌に集めてゆっくりと唱えた。

「クラス1・高回復魔法《ハイヒール》」

すると両手から白いキラキラした光が放たれ、辺りが一瞬眩しくなる。

「で、できました。リックさんの言う通りにやってみたら、魔法が使えました！」

ルナさんは初めての魔法に喜び、少し興奮していた。

驚いた……初めて使った魔法を成功させてしまうなんて。

やはり鑑定で見た能力は間違っていないようだ。

「すごいよルナさん！　ルナさんは魔法の才能があるみたいだね」

「私もビックリしました」

「もしかしたら【？？？】の称号も魔法系のものかもしれない」

「他に……他に何かステータスで気になる点はありましたか？」

「ナニモナイヨ」

「どうして片言なのですか？」

さすがにむっつりスケベのことは言えないし、好感度のことも言うことはできない。

好感度も$A^{-}$ってどうなんだ？　なんとなくよさそうに見えるけど油断は禁物だ。ルナさんの俺への好感度が高いと勘違いして、嫌われるのは勘弁だからな。

「それにしても鑑定ってすごく便利ですね。相手の能力がわかってしまうなんて」

確かにこのスキルは便利過ぎる。勇者パーティーにいた頃も、鑑定スキルを使える人なんて見たことがなかったし、もし他の人に知られれば、いいように利用される可能性があるな。

「ルナさん、申しわけないけど、俺が鑑定のスキルを使えることは黙っていてくれないか」

「鑑定は便利すぎて悪用されかねないスキルですからね。わかりました。命に代えても話しません」

「いや、命がかかっていたら喋っていいから」

相変わらず真面目過ぎるルナさんの答えに、俺は苦笑した。

そしてそろそろ家へ帰ろうかと言っていたその時。

突如探知スキルに反応が見られた。

「来たか」

俺は西南西九百メートル程のところに、捜していた二人の人物を発見する。

「ウェールズとノイズが近くにいる」

「ほ、本当ですか！」

「ああ」

だけどあの二人は探知スキルを持っているわけじゃないから、俺達の居場所はわからないはずだ。

いったいどこへ向かうのだろうか？

俺は二人の動向を探る。二人が迷わず進んでいる方角にあるものは……月の雫商会だ。

狙いはルナさんのようだ。ルナさんを亡き者にして、街の代表の座を奪い取ろうと考えているのか？　いや、もしかしたら月の雫商会に何かをするつもりなのかもしれない。

ここは日本と違って監視カメラもないし、治安もよくない。死角なんていくらでもある。

それに建物は木造のものが多いため、火をつけられたり、魔法を食らったりしたら、容易に壊れてしまう。

このままにしておくわけにはいかないな。

「どうやらウェールズ達は月の雫商会に向かっているようだ」

「月の雫商会に⁉」

「とりあえず俺は二人を捕まえに行……」

「私も連れて行ってください」

俺が言い終わる前に、ルナさんが同行を求めてくる。

「もし月の雫商会に何かをするつもりなら、放ってはおけません。それに、月の雫商会にはお母さんが……」

余計なことを口に出してしまった。ルナさんの性格上、自分の商会が危機に陥っていると知れば、ついてくると言うのは容易に想像できたのに。だけど他にもルナさんを狙っている者がいる可能性がある。衛兵の中にはウェールズ派が潜んでいるため頼れない。それなら俺の近くにいてもらった方がいいかもしれないな。

「わかった。でも俺の側から離れないで」

「はい！」

しかし奴らの足は速い。このままだと、俺達より先に月の雫商会に到着してしまう。

「ルナさん、また抱きかかえてもいいかな」

「はい。大丈夫です」

よし。ルナさんの許可を得たので、俺はルナさんを抱きかかえ魔法を唱える。

「クラス２・旋風《フウァールウインド》創聖魔法《ジェネシス》」

俺は自分にスピードが上がる身体強化魔法をかけ、月の雫商会まで駆ける。

「全力で行くよ」

「は、はい！」

今回は以前と違い時間がないので、時速八十キロのスピードで一気に走る。

幸いなことに、辺りに人はほとんどいなかったため、最高速で向かうことができた。

ルナさんも慣れてくれたようで、目を閉じてギュッと俺の服にしがみついているが、声をあげることはない。

これなら間に合うか。俺は月の雫商会を守るため、ズーリエの街を駆け抜けた。

# 第十章　決戦！　リックVSノイズ

ウェールズはノイズと共に月の雫商会に向かっていた。

――クソクソクソ！　何故この私がこそこそ隠れるような真似をしなくてはならないのだ！　これも全て、ルナと得体の知れない小僧のせいだ！　あのお方のお力を借りれば、私はいつでも返り咲ける。しかしこのままでは済まさん……二人はここで殺しておく。だがその前に、月の雫商会を破壊して絶望の淵《ふち》に叩き落としてやるぞ。

「ノイズ！　準備はいいか？」

「はい、私にお任せください」

「あの小僧は、盗賊に扮した部下や衛兵を返り討ちにした奴だ。ただ者ではないぞ」

「大丈夫です。どんなに強い相手だろうと倒してご覧にいれます」

ノイズは小型の短剣を取り出す。短剣の先には、ある液体が塗《ぬ》ってあった。

「ふっふっふ……なるほど、あれを使うのか。お前には高い金を払っているんだ。頼んだぞ」

「承知しました」

ウェールズとノイズは、下卑《げび》た笑みを浮かべながら街中を進んでいく。やがて、月の雫商会が見えてきた。

ウェールズは抱えていた瓶をなでる。その中には、ノイズがルナを月の雫商会ごと始末するために用意した特別製の油が入っていた。

「ヒヒッ！　これを使えば、月の雫商会など一瞬で燃える……いや、この辺り一帯が焼け野原になるかもしれないが、そんなことは私には関係ない！　むしろあの偽善者の小娘がこの有りさまを見て、泣き叫ぶかと思うとイッてしまいそうだ！」

今のウェールズの様子は誰が見ても常軌《じょうき》を逸《いっ》している。

その様子には、部下であるノイズでさえ恐れを成していた。

「そうだ……ルナは捕らえることにしよう。そして私の慰《なぐさ》み者として飼い、使えなくなったら棄てればいい。それがルナが私に許されるためのたった一つの手段だ……イヒッ……ヒヒィ！」

ノイズはこの時思った。

――この男は狂っている。このまま一緒にいると私も破滅してしまう。しかし、それがいい。

ウェールズといると、非日常な毎日を過ごすことができ、退屈する暇がない。いいだろう……その狂気に付き合ってやろうではないか。私を飽きさせるなよ。その時は私がお前を殺してやるからな。

常軌を逸しているのは、ウェールズだけではなかった。

「撒け撒け撒け撒け撒け！　全て燃えてしまえ！」

ノイズは月の雫商会の裏側から、瓶に入った油を周囲にぶち撒けた。

「ウェールズ様、離れてください」

「後はこの爆発を起こす焔石《ほむらいし》を使えば……」

ウェールズは焔石を前方に投げる。

焔石がこのまま油と接触したら、大爆発を起こして大火災になることは間違いない。

だが、そのような未来が訪れることはなかった。

何故なら颯爽《さっそう》と現れた男が、焔石を手で受け止めたからだ。

◇　◇　◇

ようやく俺達は、月の雫商会が視界に入るところまで来ていた。

「まずい！　ノイズが何かを月の雫商会に撒いている！」

「えっ？」

「そしてウェールズが持っているものは……焔石だ！」

焔石は強い衝撃を与えると爆発するアイテムだ。ウェールズは月の雫商会を爆破するつもりなのか！　そうなると、ノイズが撒いているのは油だ！

早くウェールズを止めなければ。だけど、今からルナさんを地面に降ろす時間はない。

「ルナさん、俺の首に強く掴まっててくれないか」

「わ、わかりました」

よし、これで右手は自由になった。後は……

俺はこれまで以上のスピードで月の雫商会へ向かう。

「見えた！」

目標の二人の姿を捉えたが、ウェールズは既に焔石を投げるモーションに入っていた。

このままでは月の雫商会は吹き飛んでしまう。

それだけは絶対に阻止しなければならない。

俺は投げられた焔石を掴もうと右手を伸ばした。

間に合えぇぇぇっ！

ふと、焔石がスローモーションに見えた。

伸ばした手で焔石を掴み取る。

俺はそのままウェールズ達の前に立ちはだかった。

「人の家に何をするつもりだ？」

目に殺気を込めながら、ウェールズとノイズを睨みつける。自分の不正が暴かれた腹いせに、月の雫商会を吹き飛ばそうだなんて。こいつらは絶対に許せない。

「き、貴様！　どこから現れおった！」

「そんなことはどうでもいい。お前は月の雫商会を破壊するつもりだったのか？」

「ウェールズさん。何故このようなことを……」

ルナさんは俺の腕から降りて、ウェールズを問い詰める。

「何故？　そんなこと決まっているだろう。貴様が気に食わないからだ！　せっかく父親を排除したと思ったら、今度は娘がしゃしゃり出てきて。貴様ら親子の偽善は見ていて腹立たしいんだよ！」

「い、今……なんて言いました？　ち、父を排除？」

「ああ、それがどうした。私が街の代表になるために邪魔だったから、盗賊を装って襲い、消えてもらっただけだ。娘の方は生き残ってしまったがな」

わかってはいたが、やはり街の外で盗賊をけしかけてきたのはウェールズだったか。しかもルナさんのお父さんまで手にかけていたとは。

権力というのは人を殺してまで欲しいものなのか？

庶民の俺にはその気持ちがまったく理解できない。

「あなたが……あなたが父を！」

ルナさんは自分の父親が殺されたとハッキリ聞いたせいか、今まで見たことがない程怒っている。

「小僧は消すが、ルナは奴隷として飼ってやるから安心しろ」

「ふざけないでください！　誰が父を殺したあなたなんかの奴隷になるものですか！」

ルナさんを奴隷にするだと？　こいつはどこまで腐っているんだ。

それにしても、わざわざ自分から罪を告白するとは。とうとうやけになったか？

いや、そんなことはない！

俺は慌ててノイズの方を振り返った。

短剣が飛んできたので、腰に差していた剣を抜いて叩き落とす。

「ちっ！　防ぎおったか！」

「まさか剣で防御するとは……中々やりますね」

やはりウェールズが饒舌《じょうぜつ》だったのは、意識を自分の方に向けて、ノイズからの攻撃を隠すためだったか。

「ルナさんは俺の後ろに！」

「は、はい」

ノイズめ……投擲《とうてき》とは厄介な技を使うな。

もしルナさんが俺から離れれば、速攻で短剣を投げるつもりだろう。ここはルナさんの安全を確保するためにも、まずはノイズから片付けた方がよさそうだな。

俺はノイズに鑑定スキルを使って、ステータスを確認する。

**名前：ノイズ**
**性別：男**
**種族：人間**

レベル：30／42
称号：ならず者・暗殺者
力：262
素早さ：152
防御力：59
魔力：32
HP：202
MP：63
スキル：短剣技C・投擲・魔法貫通

暗殺者だと？

ノイズは人を闇討ちすることに特化した称号と、魔法貫通という初めて見るスキルを持っていた。

もしかしたら、防御魔法で短剣を防ぐのは危険かもしれない。

それに能力も油断できない数値だ。ここは接近戦で一気にけりをつけるべきか。

しかし俺はノイズに近づけなかった。鑑定スキルを使った直後、立て続けに短剣を投げつけられたからだ。剣で防ぐので精一杯で、足を動かすこともできない。

魔法を使って遠距離から攻撃する振りをすると、絶妙なタイミングで短剣が襲ってくる。

くそっ！　投擲スキルが厄介だ。相討ち覚悟で魔法を放てばノイズを倒すことはできるかもしれないが、創聖魔法は威力が強すぎる。街中で使えばどんな被害が出るかわからないため、そう簡単に使用できない。

「ほう……かすり傷一つ負わないとは。部下達がその娘の暗殺に失敗したのも頷ける」

「そんなに余裕をかましてていいのか？　短剣の数にも限りがあるだろ？」

「そうかもしれませんね。ですが、あなたこそ余裕を見せている暇はないのでは？」

「そうだ！　少しでも傷がつけば貴様らは終わりだ！」

終わりだと？　まさか！

落ちた短剣に目を向けると、先端の部分が濡れているのがわかった。

「やれやれ、堪え性のない主は困りますね」

「毒……か」

「ええ、この短剣にはA級の冒険者パーティーでやっと狩ることができる大蛇、パラリシスオロチの血が塗られています。傷がつけば身体が麻痺《まひ》して動けなくなりますよ」

「くっ！」

麻痺毒だと。現状俺には治す手段がない。

状態異常回復魔法を使うには、クラス6相当の神聖魔法が必要になる。俺は神聖魔法を使用できないし、ルナさんもクラス1しか使えない。

創聖魔法で新たに魔法を作製する手もあるけど、おそらくクラス6相当の状態異常回復魔法は、ＭＰが足りなくて作製できないだろう。

せめて麻痺耐性スキルがあれば……

創聖魔法が使えるようになった時、耐性スキルを作製できないかと試したことがあった。しかし失敗し、ＭＰを全て持っていかれてしまったのだ。Ｅ耐性でも持っていればそれを触媒にすることもできたが……今はないものねだりをしてもしょうがない。とにかくノイズの短剣を食らわないようにしないと。

「どうしました？　動きが大きくなっていますよ」

「くそっ！」

ノイズの言う通りだ。短剣に触れたらやばいことを認識してしまったせいで、どうしても大袈裟《おおげさ》な動きになってしまう。

仕方ない。現状を打破するために一度試してみるか。

俺は防御魔法を唱える。

「クラス２・風盾魔法《ウインドシールド》」

前方に風の盾が展開され、ノイズの短剣から俺達を守る……ことにはならなかった。俺の風の盾は、ノイズの短剣によって簡単に貫かれてしまったのだ。

「盾が破られても短剣を食らわないとは。運がよかったですね」

残念ながら運がよかったわけではない。もし盾が貫かれても剣で防げるよう、考えて動いていたんだ。だけどそのことを教えてやる義理はない。

だが風の盾が使えないとわかった以上、益々こちらは窮地《きゅうち》に追い込まれてしまった。

「リックさん、申しわけありません……私がついてきたばかりに……」

そう。背後にルナさんがいるため、俺は短剣を避けられない。

もし俺が回避行動を取ってしまったら、ルナさんに短剣が当たってしまうからだ。

「大丈夫。ノイズの短剣くらい軽く防いでみせるから」

そうだ。俺の後ろには守るべき人がいるんだ。

ルナさんを安心させるためにも、弱気なところは見せられない。

それにこのまま攻撃を防ぎ続けていれば、ノイズの短剣はいずれなくなるはずだ。

あと少し耐えれば……

しかし、この時誰も予想できないことが起きた。

ドサッ。

突然建物の陰から一人の少女が現れ、荷物を落とした。

忘れていた！

ここは街中……建物の裏とはいえ、誰かがいてもおかしくない。

「あっ……あっ……音がしたから……」

ノイズとウェールズに気を取られて、周囲の気配にまったく気づかなかった。

「い、いや！　誰かぁぁっ！」

少女は剣と短剣を持った者を目にして悲鳴をあげる。

「うるさいですね。少し黙りなさい」

ノイズが怯《おび》える少女に向かって短剣を投擲した。

「危ない！」

だが俺が動くより先に、ルナさんが少女を守るため、短剣の前に立つ。

くっ！　無茶なことを！

俺はなんとか二人の間に入り、ノイズの短剣を剣で払いのける。

しかしその瞬間、払い落とした短剣の影に隠れていた、もう一本の短剣が目の前に現れた。

「何！」

同時に二本投げていたのか！　くそっ！　これはかわせない！

「ぐあっ！」

短剣が俺の左脇腹を掠《かす》め、血が地面に滴《したた》り落ちた。ウェールズがそれを見て笑う。

「ひゃっはは！　食らったな、食らったな！　これで貴様は終わりだ！」

「こ、この程度で……」

しかし俺の気持ちとは裏腹に、身体が痺れて動かせない。そして俺は立つことができず倒れてしまった。

「リックさん！」

ルナさんが駆け寄ってくる。

「だ、ダメだ……に、逃げてくれ……」

身体が麻痺して動かない。このままではルナさんまでやられてしまう。

「あなたも少し地面に這いつくばっていなさい」

そう言ってノイズは短剣を投げる。その先端はルナさんの左腕を切り裂いた。

「きゃあっ！」

俺と同じように麻痺毒を食らったルナさんは、地面に倒れてしまう。

俺達二人が倒れる様子を見ていた少女が、絹を裂くような悲鳴をあげた。

「ひぃっ！　助け……助けて！」

少女は俺達を見た後、恐怖の表情を浮かべ、慌てて走り去っていく。

どうやらウェールズ達は少女を追う気はないようだ。

あの少女を巻き込まなくて済んだけど、このままだと俺とルナさんはウェールズとノイズに殺される。

動け動け動いてくれ！

俺は必死に腕を上げようとしたが、僅《わず》かに動くものの、到底立ち上がることはできなかった。

「ほう……少しでも動かすことができるとは。その気力は称賛に値しますよ」

身体は麻痺しているが、意識はハッキリしている。

だから、ゆっくりと近づいてくるノイズとウェールズの足音が恐怖でしかない。

「ナイト気取りの小僧が！　よくも私が代表になることを邪魔してくれたな！」

ウェールズは仰向けに倒れた俺の側まで来て、右足で顔を踏みつけてきた。

「ぐっ……あ……」

俺はうめき声をあげることしかできない。

くそっ！

「こうなると地面を這《は》いつくばるただの害虫だな。世の中のためにも、害虫は処分しないとなあ」

そしてウェールズは、下卑た笑みを浮かべながら俺の腹を蹴った。

「が……はっ……」

普段ならこんな遅い蹴りを食らったりはしないが、今の俺はウェールズの言う通り、羽をもがれた虫のように身動きすることができない。

ウェールズは何度も何度も蹴ってくる。どうやら俺はかなり恨まれていたようだ。

しかし、このままやられっぱなしでいるわけにはいかない。

何か、何か策はないのか？

このまま耐えて麻痺毒が抜けるのを待つ？

いや、いつ毒が抜けるかわからないし、もう一度短剣で刺されてしまったら、振り出しに戻ってしまう。

今の、今の俺にできることは……身体は動かない、それなら魔法……魔法を使うことはできるのか？

俺は体内の魔力を右手に集めてみる。すると、ちゃんと魔力が集束していくのがわかった。

これなら魔法を使うことができるんじゃないか？

だが何の魔法を使うべきか。攻撃魔法は……ダメだ。今の状態で照準を合わせられるとは思えない。なら防御魔法？　風盾魔法《ウインドシールド》で……いや、自分を守ることはできてもルナさんは……もし俺に手出しできないとわかったら、この暴行がルナさんに向かってしまう。それだけは絶対に避けたい。

それに、ノイズのスキルで防御魔法は意味がなくなるので、解決策にはならない。

「や……て……リック……手を……出さ……」

ルナさんは懸命に声を出そうとして、涙を流してもがいている。

「そうか、貴様ら親子は他人が苦しんでいるのを見る方が嫌いだったな」

ウェールズは俺から離れると、あろうことかルナさんの髪を掴んだ。ルナさんの苦悶《くもん》の顔が俺の前に突き付けられる。

「貴様のせいで小僧が死ぬさまを見るがいい！」

「い……やっ……」

「小僧も、ルナと知り合わなければ死ぬことはなかったのにな」

確かにウェールズの言う通り、ルナさんと知り合わなければ、顔面を踏まれることも腹を蹴られることもなかっただろう。

だが――

他人を思いやれるルナさん、恥ずかしがっているルナさん、心優しいルナさん。

出会ってからの時間は短いが、この世界で数少ない、俺と考えが近い人。

だから俺の答えは決まっている。

「こう……か……い……は……ない……」

「貴様も小娘と同じ偽善者か！　ならば死んで後悔するがいい！　ノイズ殺れ！」

「承知しました」

ノイズはウェールズの命令通り短剣を手に取り、切っ先を俺に向けた。

この短剣で繰り返し刺されたら、出血多量でいずれ死ぬのは確実だ。

俺は最後の力を振り絞って身体を動かそうとしたが、やはり僅かに腕が動くだけだった。

くそっ！　麻痺が、麻痺がなければウェールズやノイズになんか負けないのに……

「惜しかったですね。あなたに守るものがなければ、私は負けていたかもしれません」

「ルナ！　よく見るんだ！　貴様が街の代表になろうとしなければ、さっきのガキを守ろうとしなければ、この小僧は死ぬことはなかった。貴様が小僧の人生を狂わせたんだ！」

「うぅ……」

ルナさんの顔は涙でボロボロになり、地面には彼女が流した涙が小さな水溜まりを作っていた。

ルナさんを泣かせやがって！　この二人は絶対に許さない！

たとえ死んでも地獄までお前らを道連れにしてやる！

俺は全ての力を右手に集める。

すると、麻痺毒の効果が弱まってきたのか、それとも怒りでリミッターが外れたのか、掌をノイズへ向けることに成功した。

炎の矢でお前の細胞全てを燃やしてやる！

このまま何もできず死ぬよりはマシだ。

俺はミノタウロスを一掃した、クラス３・炎の矢《フレアアロー》創聖魔法《ジェネシス》を唱えるために魔力を右手に集める。

「その手はなんですか？　おいたはさせませんよ」

考えが読まれていたのか、それとも掌が自分に向いたことで警戒心が強まったのか、ノイズは俺の右手に躊躇なく短剣を突き刺した。

「ぐっ……」

しまった！　二度目の攻撃を食らってしまった！

一度目の麻痺の効果も残っている。

このままだと指一本動かすことができなくなってしまう！

体内に麻痺毒が回る前になんとかしなければ……

ん？　体内に麻痺毒？

そうだ……よく考えてみると今俺の体内には麻痺毒があるんだ。

ものを作る時もスキルを強化する時も、触媒があれば少ない魔力で創聖魔法を使える。

もしかして、今俺の身体の中にある麻痺毒を使えば、あれができるんじゃ……

「ノイズ！　何を遊んでいる！　早くこの小娘に絶望を見せてやれ！」

「麻痺で動けない相手をいたぶるのが私の趣味なのですが。しかしここは街中……いつ邪魔が入るかわかりませんし、ウェールズ様のご命令に従いましょう」

ノイズはウェールズの言葉に応じて、短剣を両手で持ち、高く振りかぶる。

確実に仕留めるなら今度は手ではなく心臓、頭、首などを刺してくるだろう。

この短剣を食らえば俺の命は失われ、ルナさんは奴隷にされてしまう。

だがそんなことは絶対にさせない！　俺の創聖魔法で！

「クラス……5……創造創聖魔法《クリエイトジェネシス》……スキル作製……」

俺は左手に魔力を込めて魔法を発動する。

すると次の瞬間、身体の痺れが一瞬で消え去った。

「何をごちゃごちゃと言っている。死ぬがいい！」

そう言ってノイズは、俺の心臓目掛けて短剣を振り下ろした。

俺は左手を出して掌で短剣を受け止める。血飛沫《ちしぶき》が辺りに舞った。

「ま、まさか腕が動くとは！　だがこれでまた麻痺状態に！」

「残念だが麻痺毒はもう効かないよ」

俺は右手で左手に刺さった短剣を抜き、そのままノイズの右腕に突き刺す。

「ぎゃあぁぁっ！」

ノイズは悲鳴をあげ、その場に崩れ落ちた。

「バ、バカな……先程……まで……」

そこまで言葉を発すると、ノイズは動かなくなった。

「たった今、俺に麻痺毒は効かなくなったんだよ」

そう。俺は体内にある麻痺毒を触媒に使い、創聖魔法で麻痺耐性スキルを創ったのだ。

先程ルナさんの【むっつりスケベ】の称号を調べていた時に、自分を鑑定して気がついたのだが、創聖魔法の使用可能クラスの上限が4から5に上がっていた。そのことを思い出した俺は、直感的にクラス5なら耐性スキルを創れると感じたのだ。

もしクラス4のままだったら、麻痺耐性スキルを作製することはできなかっただろう。実際、MPもほぼなくなっている。

それにしても本当にギリギリだった。もしこれで成功していなかったらと思うとゾッとする。

ともあれこれでノイズは倒した。後は……

「ううう、動くな！」

怯えた声で叫んだウェールズが、ルナさんの髪を掴み立ち上がらせる。

ルナさんを人質に取っているつもりなのだろうか？　俺はウェールズを無視して、ノイズの右腕に刺さった短剣を引き抜く。

「う、動くなと言っているだろうが！　ルナがどうなってもいいのか！」

武器も持っていない奴の何を恐れればいいのだろうか。だがこれ以上ルナさんの身体に、あのうす汚い手で触られるのは我慢できない。

「ルナさんを離せ。さもないと、俺はお前に何をするかわからないぞ」

ルナさんは麻痺毒のせいで口を開くこともできないのか、目線だけをこちらに向けている。

俺には、ルナさんが私にかまわずウェールズを倒してと言っているように感じられた。

正直に言えば、俺の腹を蹴り、顔面を踏みつけてきたウェールズなど斬り刻んでやりたい……けれど、今一番大切なのはルナさんを無事に取り戻すことだ。

「う、うるさい！　ルナは私の手の中にあるんだ！」

ウェールズは声をあげ威圧してきたが、ルナさんの髪を掴んでいる奴の手は震えていた。

確かにルナさんはウェールズの手中にあるが、奴は隙だらけだ。

これならいける！

俺は右手の短剣を、ウェールズの腹部を狙って投擲する。

「ぎゃあぁぁぁぁぁっ！」

短剣は一直線に飛んでいき、ウェールズの腹部をかすめる。

するとウェールズは、まるで致命傷を受けたかのように悲鳴をあげた。

「大袈裟な……少し血が出た程度だろうが」

ウェールズは、今まで大した苦労もせず生きてきたのだろう。だからこの程度の傷で大声をあげるんだ。

しかし、今はウェールズに構っている暇はない。

ウェールズを短剣で傷つけたということは、奴が麻痺毒にやられルナさんから手を離すということだ。このままだとルナさんは、地面に身体を打ちつけてしまう。

俺はぎりぎりのところで、ウェールズの手から離れたルナさんを受け止めた。

よかった……ルナさんを助けることができて。

俺はルナさんを抱きしめ、喜びを噛みしめる。

もしこの腕の中にあるものがなくなってしまったら……

そう思うと身体が震える。きっと俺は絶望の淵に落とされるだろう。

「うぅ……ごめ……ん……なさい……ごめん……なさ……い」

どうやらルナさんは、麻痺が抜けて喋れるくらいには回復したようだ。

だが、先程から涙を流しながら謝罪の言葉を繰り返している。

「俺が勝手にやったことだから気にしないで」

「で、でも……わたし……と……出会った……ばか……りに……」

ルナさんは他人を思いやれる優しい子だ。自分のせいで人が傷ついたら、自分を許せない気持ちになるだろう。

だから普通の言葉で慰めてもルナさんには響かない。

「ルナさん……俺がいた世界《ところ》ではね。一部の人が権力を牛耳ったり、悪い奴が人を騙したりすることがたくさんあったんだ。しかも表向きはいい人を装っているから性質《たち》が悪くて。でも俺はそこでは力を持ってなくて、その悪人達に何もすることができなかった」

「そ、そんな……リックさんは……とても……強いと思います」

「まあ今はね……それでこの世界《こ こ》に来たら、権力でやりたい放題している奴らがもっとたくさんいて……どこに行っても世界は変わらないんだって思い始めてた」

父親に蔑まれ、兄に蔑まれ、勇者パーティーに蔑まれ、本当に信頼できるのは血の繋がった母さんだけ。もちろんいい人はいたけど、本当の意味で俺とフィーリングが合う人はいないと思っていた。まあ過ごしてきた世界が違うから、当たり前と言えば当たり前だけど。

でも……

「そんな中……俺はこの世界で、自分と同じ考えの人と巡り合えた」

「そ、それは……どなた……ですか」

俺は自分の気持ちを知ってもらいたくて、ルナさんを強く抱きしめる。

「ルナさんだよ。だから私と出会わなければなんて言われたら……寂しい」

これからもルナさんには側にいてほしいし、もっと俺のことを知ってもらいたい。

ウェールズごときのために、ルナさんと離れるなんて絶対にごめんだ。

俺は抱きしめた力を緩めてルナさんと向き合い、彼女の澄んだ瞳をまっすぐ見つめる。

「わ、私も……私もリックさんと知り合えてよかったです……これからも一緒にいたいです」

「ありがとう。そう言ってくれると嬉しいよ」

「先程の言葉は……訂正します。リックさん……ありがとうございます」

その言葉があれば俺はこれからも頑張っていける。

たとえどんな相手が現れようと。

# 第十一章　真の敵は最後に現れる

「さて、後はこの二人を衛兵に引き渡さないとな」

しかし、ルナさんはまだ身体に痺れが残っているようで歩けない。ルナさんを抱きかかえて衛兵を呼びに行く手もあるが、その間にウェールズとノイズが麻痺から回復して逃げでもしたら目も当てられない。

このままルナさんの回復を待ち、その後でルナさんに衛兵を連れてきてもらうしかないな。

「リックさん、血が……」

ルナさんの指摘通り、俺の右と左の掌から血が流れ、地面に滴り落ちていた。左脇腹はかすり傷だったため、もう血は止まったようだ。

「私がついていくなんて言ったばかりに……足手まといになってしまい、申しわけありませんでした」

地面に座っているルナさんは、悲痛な表情で謝罪する。

左右の掌の痛みは、我慢できない程ではない。

だけどそんなことを言っても、ルナさんの罪悪感は消えないだろうな。

「ルナさん、手の痺れはもうなくなったかな？」

「え、え〜と、まだ少し痺れていますが、動かすことはできます」

「だったら、さっき覚えた回復魔法を俺にかけてほしいな」

「わ、わかりました」

ルナさんは目を閉じて両手を突き出し、魔力を集め始める。

「クラス１・高回復魔法《ハイヒール》」

するとルナさんの掌が輝き、俺の傷を治していく。

さすが神聖魔法だ。クラス１でここまで傷が治るなんて。

「ど、どうでしょうか？　傷は治りましたか？」

ルナさんは初めて人に回復魔法を使ったので不安なようだ。

「バッチリだよ！　ノイズにつけられた傷は完全に治った」

「ほ、本当ですか？」

「うん……滅茶苦茶痛かったから助かったよ。ほら、ルナさんがいてくれてよかっただろ？」

「リックさん……ありがとうございます」

綺麗だ。涙を指で掬うルナさんがとても美しく、俺はドキッとしてしまう。

やはりルナさんには泣き顔より笑顔が似合うな。

もう二度とこの笑顔を曇らせるようなことはさせたくない。俺は密かに心に誓った。

今度は俺がルナさんの左腕に回復魔法をかける。

そして互いの傷を治しばらく経つと、騒ぎを聞きつけた衛兵達が現れた。

「ウェールズとノイズを捕まえてくれたのか」

「あの二人は俺達を殺そうとしました。それに、月の雫商会を燃やすために油を撒いていたんです」

「そうみたいだな。さっきから油の匂いがプンプンするよ」

「もし選挙の不正でとぼけられたら、こっちの件で捕まえてください」

俺は衛兵に事の次第を伝える。

この場に現れたのは、俺がこの街で初めて会った若い衛兵達だった。

ルナさんの心配をしてくれたこの人達になら、安心してウェールズとノイズを引き渡せる。

「それにしても、どうして二人はここに？」

「ここを通りかかった少女が俺達に助けを求めてきたんだ。大人達が月の雫商会の裏で争っていると」

「そうですか」

もしかしたらあの時の少女が、衛兵達に知らせたのかもしれない。

なんにせよ、あの子も無事でよかった。

「それではご協力感謝する。ルナさんのこと頼んだぞ」

「任せてください」

若い衛兵は仲間達と共に、ウェールズとノイズを連れていった。

これで後は、麻痺で歩くことができないルナさんを家まで送るだけだ。二人も逮捕されたのだから、今日は俺の家に泊まらなくても大丈夫かな？　いや、まだ他にウェールズの仲間がいるかもしれないから油断はできない。

だけど、家に帰る前にやることをやるか。

「リックさん、何をしているのですか？」

ルナさんが座ったまま問いかけてくる。

「地面に落ちているものを片付けているんだ」

「確かにこのまま放置するのは危ないですね」

地面には、ノイズが投げた短剣が散らばっている。

これは危険なものなので異空間に収納して預かっておこう。もしかしたら何かに使えるかもしれないしね。

そして俺は全ての短剣を回収し終え、ルナさんの方へ向かう。

「ルナさん、歩けそう？」

「まだ少し厳しいですね。また抱き上げてもらってもよろしいでしょうか？」

「わ、わかった」

初めてルナさんからお姫様抱っこを要求されてしまった。

自分から言うのも恥ずかしいけど、言われるのもけっこう恥ずかしいな。

俺はルナ姫様のご要望通り彼女を抱きかかえ、月の雫商会へ向かう。

月の雫商会の正面玄関から中に入ると、一人の女性の姿が見えた。

「お嬢様！　どうなされました！」

女性はルナさんに気がつくと、慌てた様子で駆け寄ってきた。

「ちょっと身体が痺れてしまって」

「だ、大丈夫ですか！」

「大丈夫ですよ。リックさんが守ってくれましたから」

そう言ってルナさんはチラリと俺を見上げる。

「あなたが？　お嬢様を助けていただき、ありがとうございます！　私はニーナと申します」

「俺はリックです」

ニーナさんか……長い髪を後ろでまとめた美人さんで、言葉遣いに品があり、大人な感じがする。

たぶん俺より少し年上かな？　そしてルナさんをすごく心配しているのがわかる。

「ニーナさん、申しわけありませんが、月の雫商会の裏手に油を撒かれてしまいましたので、掃除をしていただいてもいいですか？」

「あ、油！　何故そのようなことに」

「ウェールズさん達にやられてしまって……でももうウェールズさん達は捕まったので心配ありません」

「そ、そうですか……」

「今日はそれが終わりましたら、お帰りいただいて大丈夫です」

「承知しました」

ニーナさんは頭を下げると、部屋の奥へと向かった。

「ニーナさんはここで働いてくださっている方で、私は姉のように思っています」

「姉のような存在か……そういう人がいるのっていいね」

俺の兄のような存在……というか兄はあのデイドだからな。ニーナさんと比べるのは申しわけないくらいだ。

「はい。とても信頼できる人です」

ルナさんの表情を見ていると、彼女を本当に慕っていることがわかる。

「あら？　娘が婚約者を連れてきたわ」

突然声が聞こえ、奥の部屋からニーナさんと入れ替わりに、綺麗な女性が現れた。

「マ、ママ……ではなくてお母さん！」

お母さん？　確かにルナさんの面影《おもかげ》がある。

ルナさんも年を取るとあのような美人になるのだろうか。

「リックさんは私を守ってくれた人なの！　変なことを言わないで！」

ルナさんは顔を真っ赤にして叫んでいる。なんだかいつもより子供っぽく見えるのは気のせいか？　さっきお母さんのこともママって呼んでいたし。もしかしたらこっちが本当のルナさんなのかもしれない。

「だって娘が男の人にお姫様抱っこされて帰ってきたら、普通はそう思うでしょ？」

普通は彼氏か、もしくはルナさんが怪我をしていると考えるのではないか？　だけど初対面の年上の人につっこむ勇気など俺にはない。

それにしてもルナさんのお母さんは体調が悪いと聞いていたけど元気だな。

それとも元気に見せかけているだけなのだろうか？

「初めまして、リックと申します。ルナさんにはとてもよくしていただいています」

「これはご丁寧に。私はルナの母親のシーラです。リックくんのことは娘から聞いています」

ルナさんが俺のことを？　なんて言っているか気になるな。

「ドルドランドからの帰り道、盗賊から娘の命を救ってくださったとか。本当にありがとうございました」

シーラさんは美しい所作で頭を下げる。

「いえそんな……頭を上げてください」

「この娘は無鉄砲なところがありまして、リックくんも大変じゃないですか？」

「そんなことは……」

「ちょっとお母さん？」

「寝相は悪いし、たまに妄想していて、脳内がピンクになっていますが、気にしないでください」

「何を言ってるんですか！」

さ、さすがルナさんのお母さんだな。ルナさんに【むっつりスケベ】の称号があることに気づいているようだ。

「でも、母親の私が言うのもなんですが、この子は優しくて人の気持ちがわかる子に育ちました。どこに出しても恥ずかしくない娘だと思っています」

「お母さん……」

ルナさんと出会ってからまだそれ程経っていないけど、俺もシーラさんと同じ考えだ。

「今後とも娘のことをよろしくお願いします」

「わかりました」

元よりそのつもりだし、こんなに真剣な顔で頼まれたら、断れるわけがない。

「ルナ……よかったわね」

「うん」

娘を心配する母親……感動的なシーンだ……と思っていたが、それは気のせいだった。

「婿《むこ》をゲットしたわ」

「「えっ？」」

今シーラさんはなんて言った？　婿……だと……

「マ、ママ!!　何を言っているの！」

ルナさん、またシーラさんの呼び方がママに変わっている。

それだけで焦っているのがわかるな。

「リックさんとはまだそんな関係じゃないし！」

「まだ？」

「そ、それは今夜……ってなんでママにそんなことを言わなきゃならないの！　別にリックさんとはなんでもない！」

なんだこの漫才は。けれどこの二人の仲がすごくいいことはわかる。

どうやらシーラさんはお茶目な人のようだ。

「こんな騒がしい娘だけどよろしくね」

「ママッ!!」

俺は二人のやり取りに圧倒されるばかりであった。

「まあ！　商会の裏でそんなことが」

ようやく痺れが抜けたルナさんと俺は、今日起きた出来事をシーラさんに話した。

「そういえばルナ……街の代表就任おめでとう。お客さんから話は聞いていたけど、娘が婿を連れてきた衝撃で忘れていたわ」

「お母さん、それはもういいから！」

本当にシーラさんはルナさんを弄るのが好きだな。真面目なルナさん、お茶目なシーラさん、性格は正反対だけど、それがうまくいっている秘訣《ひけつ》なのかもしれない。

「これから大変だと思うけど頑張るのよ」

「はい」

「花嫁修行を」

「だから違うの！」

シーラさんは隙あらばルナさんをからかってくるなあ。

さっきからルナさんは叫んでばかりだ。

「それでリックくんは夕飯はどうするの？」

「夕飯は自宅で食べようと思っています」

そうだ、ウェールズの残党に襲撃される可能性を考えるなら、シーラさんもうちに来てもらった方がいいことを伝えなくちゃ。

「シーラさん、今夜うちに来ませんか？」

「えっ？」

何故か俺の言葉にルナさんが声をあげる。俺何か変なことを言ったかな？

「あらあら、お母さんが誘われてしまったわ。これは、将を射んと欲すればまず馬を射よってやつかしら」

「お母さんも……一緒？」

えっ？　シーラさんも一緒だと何か問題があるのか？

「さすがに初めてが三人は……しかもお母さんとなんて……」

「リックくんは真面目そうに見えたけど中々やるわね」

「ちょっと何言ってるかわからないんですけど」

「欲張りな子ね……でも嫌いじゃないわ」

どういうことだ？　二人が何を言っているのか理解できない。

はっ！　理由が抜けているじゃないか！　確かにこの言い方だと、シーラさんを誘っているように思われてもおかしくない。

「ち、違います！　まだウェールズの残党がいるかも知れないから、今日はうちに泊まった方がいいって誘ったんです！」

「えっ？」

えっ？　なんでここでルナさんが驚くのかな？

俺、何も間違ったことを言ってないよな？

「ここにいると危険があるかもしれないので、シーラさんもうちにと……」

「でで、ですよね！　私もそう思っていました！　お母さんも一緒にリックさんのお家に行きましょう！」

なんでルナさんはこんなに慌てているんだ？　もしかして俺とは違うことを考えていたのか？

「そうね。せっかくだからそうさせてもらおうかしら」

よかった。これで安心して家に帰ることができる。

「それじゃあうちに行くので準備をしてください」

「わかったわ」

二人は外泊の準備をするため、奥の部屋へ向かった。

◇　◇　◇

「はあ……」

ルナは今、母親とリックの家に泊まるための準備をしていた。

「持っていくのはお着替えと……お世話になるから、お礼に何か持っていくべきかしら？」

この時、シーラが何か言っていたが、ルナは別のことを考えていて聞いていなかった。

――てっきりリックさんは私と二人っきりになってその……ごにょごにょなことをするつもりなんだと思っていたけど、全然違いました。でも確かにリックさんは、そういう大人の関係になりたいとは言っていませんでしたね。それなのに私はあんなことを考えて……あれ？　もしかして私ってけっこうエッチなの？　先程もお母さんを交えて三人でなんて考えていたし。ち、違います！　あれはリックさんが思わせ振りなことを言うからいけないの！　私はエッチじゃない！　健全な女の子です！　そうです、悪いのは全部リックさんです！

ルナが脳内でリックが悪いと決めつけていると。

「ふっ……」

「ひゃう！」

耳に息を吹きかけられ、ルナは思わず変な声をあげた。

――急になんなの！　こんなことをする人は一人しかいないです！

「お母さん、何をするの！」

ルナが確信を持って振り向くと、そこにはシーラの姿があった。

「だってルナがお母さんの話を聞いてくれないから」

「ごめんなさい。ちょっと考え事をしていて……」

「考え事？　それってリックくんのこと？」

「うん」

「リックさんと別れてから元気ないわね。何か心配事があるならお母さん、相談に乗るわよ」

――それは絶対に無理！　いくらお母さんでもエッチな妄想をしていましたなんて相談できないよぅ。

「お母さんこそ体調は大丈夫なの？　お父さんが亡くなってからずっと具合が悪かったし」

「私はもう大丈夫よ。娘が頑張っているのに、私だけ何もしないわけにはいかないから。心配かけてごめんね」

「お母さん……それでお母さんの話って何？」

「う〜ん、それはもういいわ」

「そうなの？」

「ところで、ルナはリックくんに助けてもらったお礼はしたの？」

「うん。お礼を言ったよ」

「ダメよそれじゃあ。もっとちゃんとしたお礼をしないと」

ルナはシーラの言う通り、三度も命を救ってもらったのに言葉だけなんて失礼だと考えた。

「何かものをあげればいいかな？」

「ルナは知らないの？　女の子が男の子に助けてもらったらするお礼って、昔から決まっているのよ」

「それって何？　リックさんに感謝の気持ちを伝えられるなら、私知りたい」

「簡単なことよ。それは――」

シーラから聞いたお礼の内容は難度が高く、とても恥ずかしいことだったので、ルナは赤面してしまった。

◇◇◇

ルナさんとシーラさんが、うちに泊まるための準備に行ってから十分程経った頃。

「リックくんお待たせ～」

荷物を持った二人が奥の部屋から現れた。

「それじゃあ俺の家に行きましょうか」

「ま、待ってください」

二人に背を向けて月の雫商会を出ようとすると、ルナさんから引き留められた。

「ルナさんどうしたの？　何か忘れもの？」

「わ、忘れものと言えば忘れものですが……」

ん？　ルナさんの様子がおかしいな。

顔を真っ赤にしてうつむき、モジモジしている。

「ほら、恥ずかしがってないで早くしなさい」

シーラさんに背中を押され、ルナさんが俺の正面に来た。

「わかっています。そ、その……リックさん、少し目を閉じてもらってもよろしいですか？」

「こ、こう？」

よくわからないけど、俺はとりあえずルナさんの言葉に従い目を閉じる。

ルナさんは何をするつもりなんだ？

暗闇の中、俺はルナさんの気配を感じて、ドキドキしながら待つ。

「三度も命を救っていただき、あ、改めてありがとうございました」

助けたお礼？　それなら別に目を閉じる必要はないんじゃ……

「ここ、これはそのお礼です！」

ルナさんがそう言った後、突然頬に湿ったものを感じた。

俺は思わず約束を破って目を開けてしまう。

すると目の前に、ゼロ距離で可愛らしいルナさんの顔があった。

えっ？　今のは……キス！

ルナさんはゆっくりと俺から離れると、今まで見たことがない程頬を紅潮させた。

「こ、これは昔から伝わる……お、女の子から男の子にお礼をする方法です」

「そ、そうなんだ……」

突然過ぎて、俺はルナさんの言葉にそう答えることしかできなかった。

まさかお礼と称してキスをされるとは思わなかったぞ。

もちろんすごく嬉しいけど、ルナさんがこんな大胆な行動に出るとは予想だにしなかった。

「すごく嬉しいよ。そんなお礼の方法があるなんて初めて聞いたからビックリした」

「えっ？」

ルナさんは驚いたような声をあげると、背後を振り向く。

「マ、ママ……どういうこと？」

「そうね。そんなものは初めからないわ。だってそんなお礼の方法があったりしたら、嫌いな人に助けられた時にもキスしなくちゃならないもん」

「もんじゃありません！　私に嘘をついたのね！」

ルナさんが怒りの形相で、シーラさんを追いかける。

どうやらルナさんが大胆な行動に出た背景には、黒幕がいたようだ。

でもルナさんには悪いけど、俺としてはキスしてもらえたから、シーラさんに感謝したい気分だ。

「でもルナも満更《まんざら》でもなかったでしょ？」

「それとこれとは話は別です！　いくらママだからってもう許しません！」

こうして、シーラさんとルナさんによる追いかけっこが始まってしまった。

ルナさんとシーラさんのいざこざが終わった後、俺達は母さんの実家に向かった。

「リックちゃんおかえりなさい」

実家に到着すると母さん、おばあちゃん、おじいちゃんが出迎えてくれた。だが、おじいちゃんは相変わらず明後日の方を向いている。

「あら？　リックちゃんの後ろにいるのはルナちゃんと……シーラじゃない！」

「メリス、久しぶり。ズーリエに帰ってきてたことは知っていたけど、顔を出せなくてごめんね」

「私の方こそ、戻ってきたことを伝えなくてごめんなさい」

どうやら母さんとシーラさんは知り合いのようだ。

「メリスさんはお母さんの一つ年上で、昔一緒に遊んだこともあると言っていました」

「そうなんだ」

母さんも旧友に会えたことが嬉しいのか、いつもより楽しそうな気がする。

「ルナちゃんもいらっしゃい。そして代表就任おめでとう」

「カレンさん、ありがとうございます」

「ほら、おじいさんもルナちゃんに何か一言ないの？」

おばあちゃんがおじいちゃんに、何か話すように促すが……

「ルナさん、わしに協力できることがあったらなんでも言ってくれ」

「ありがとうございます。頼りにさせていただきます」

あれ？　おじいちゃん、ルナさんとは普通に話しているんだけど。

やっぱり俺だけ嫌われているみたいだな。ちょっとショックだ。

「さあさあ皆疲れたでしょ。中に入ってゆっくり休んで」

そして俺達はおばあちゃんの声に従って、家の中に入る。


リビングに移動してしばらく談笑していると、夕食の時間になった。

今日の夕食は、野菜のスープと牛肉のステーキに塩を振ったものだ。

肉なんて、ドルドランドで貴族になる前は滅多に食べたことがなかった。

おそらく今回は、ルナさんの代表就任のお祝いを兼ねているから出てきたのだろう。

食事をしながら母さん達に今日あった選挙のことやウェールズのことを話していたら、いつの間にか夜が更《ふ》けてきた。

「さて、そろそろ寝ましょうか。二人の部屋だけど……シーラさんはメリスの部屋でいい？」

「大丈夫です」

「それでルナちゃんだけど……」

ルナさんはどこに泊まるんだろう。

この家に人が泊まれるような部屋は四つ。俺の部屋、母さんの部屋、おばあちゃんの部屋、そしておじいちゃんの部屋だ。四つともそこまで広い部屋ではないので、一部屋に三人は泊まれないだろう。

まあ普通に考えればおばあちゃんの部屋かな。

「リックくんの部屋ね」

「「えっ？　えぇぇぇぇぇっ！」」

俺とルナさんの声がリビングに木霊する。

今おばあちゃんはなんて言った？　ルナさんを俺の部屋に泊める……？

普通恋人でもない男女を同じ部屋に泊まらせるか？

「わ、私がリックさんの部屋にぃ！　そうなると夜は……同じ……エッ……いっぱい……今夜は寝か……ない……みたいな展開ですか！」

ルナさんは何やらぶつぶつ言っている。

だが今はそんなことより……

「それはまずいでしょ！」

「そう？　けど泊まれる部屋がないのよね。私の部屋は荷物があって二人は無理だし、おじいさんの部屋に泊まらせるわけにはいかないでしょ？」

「それなら俺がおじいちゃんの部屋に泊まるよ。ルナさんは俺の部屋を使って」

おじいちゃんは俺のことが好きじゃないと思うけど、さすがにルナさんと同じ部屋に泊まるわけにはいかない。こういうのはもっと手順を踏んでからじゃないと……

「おじいさんがそれでいいならいいわよ」

おじいちゃんも、ルナさんを俺の部屋に泊めるのはまずいと考えているはずだ。

俺はおじいちゃんの答えを聞くため、そちらに目を向ける。

◇◇◇

孫と同じ部屋に寝る……じゃと……

そうなったら孫ともっと親密な関係になり、「おじいちゃん大好き」と言われる展開が待ち受けているに違いない。

最高じゃ……もう思い残すことはない。我が生涯に一片の悔いなしじゃ。

じゃが孫とルナさんをくっつけるには、ここはノーと答えるしかない。自分の欲望を満たすか孫の幸せを願うか……

うぉぉ！　どうすればいいんじゃ！　これはばあさんにプロポーズをした時以来の究極の選択じゃ！

◇◇◇

「ル、ルナさんはリックと一緒の部屋に泊まればいい」

やはりおじいちゃんは俺と同じ部屋は嫌なようだ。だけど気のせいか、今のおじいちゃんはガッカリしているようにも見える。

「でもルナさんが嫌なんじゃ……」

「わ、私は泊めさせていただく身、文句などありません。それにリックさんのことを信じていますから」

そんなキラキラした目で見られると、絶対に信頼を裏切ることはできないな。

今日の夜は過酷《かこく》な戦いになりそうだ。

「決まりね。シーラさんはメリスの部屋に、ルナちゃんはリックくんの部屋に……それじゃあ私はおじいさんの部屋に泊まるわね」

おばあちゃんはウインクをしながら、茶目っ気たっぷりな顔でおじいちゃんに寄り添う。その姿はとてもじゃないが、孫がいるようには見えない。

二十代後半と言われても驚かないぞ。

「おじいさんそれでいい？」

「ふ、ふん！　好きにせい！」

おばあちゃんの部屋に泊まる宣言により、先程まで寂しそうに見えたおじいちゃんが、喜んでいるように感じるのは気のせいではないだろう。

こうして部屋割りが決まったが、この時の俺は、ルナさんと同じ部屋に泊まることに混乱していて、おばあちゃんの部屋が空いたことに気づいていなかった。

そしてリビングでの団欒《だんらん》は終わり、各自割り振られた部屋へ向かう時間になった。

俺はルナさんを連れて自分の部屋に向かう。

会話はない。

これから部屋で二人っきりになるため、緊張しているからだ。

自室に辿り着くと、俺はルナさんを部屋の中へ導く。

「どうぞ」

「し、失礼します」

ルナさんは顔を赤らめ、うつむきながらゆっくりと部屋の中に入っていく。

そして俺も部屋に入りドアを閉めると、二人だけの空間になった。

何を話せばいいのか……親がいる状況で変なことをするわけにもいかないし、今日は色々なことがあったから、ルナさんもきっと疲れているだろう。早めに休んだ方がいいかな。

とりあえず俺はベッドに腰かけた。

ルナさんにもう寝るかと問いかけようとした時。

「リックさん」

「な、何？」

突然ルナさんが話しかけてきた。なんだか名前を呼ばれただけでドキッとするな。

「少しお聞きしたいことがあるのですが……」

「うん。なんでも聞いて……とりあえず、立っていると疲れるから座ろうか」

「わかりました」

この部屋には椅子が二つあるため、どちらかに座ると思っていたが、ルナさんが選んだのはベッド。つまり、俺の隣だった。

ただ近くに座って話がしたいだけだと思うが、ルナさんの甘い香りが鼻をくすぐり、心臓の鼓動がどんどん速くなっていく。

「それで聞きたいことって……」

「それは……私とお母さんがリックさんのお家に来たのは、ウェールズさんに味方をする人達が、何かしてくる可能性があったからですよね？」

「う、うん。そうだよ」

どうやら真面目な話のようだ。

俺は別のことを考えていたので、ちょっと恥ずかしくなった。

「また月の雫商会に嫌がらせをされたらと思うと……」

「確かにその可能性はあるかもしれない。だからウェールズ達を引き渡す時、衛兵の人達に月の雫商会の辺りを見回ってもらうよう頼んでおいたんだ」

「それなら大丈夫ですね」

だが、言葉とは裏腹にルナさんの表情は暗い。

まあ衛兵の中にもウェールズ派がいるから、安心できるわけないよな。

俺もなんとかしてあげたいけど、さすがに月の雫商会とこの家を二十四時間守るのは不可能だ。

今いる衛兵達の良心を信じるしかない。

「心配なら探知スキルで視てみるね」

「お願いしてもよろしいでしょうか？」

「了解」

俺は探知スキルで月の雫商会を視てみたが、特に目立ったことはなかった。それに二人の衛兵が、周囲の見回りをしてくれている。

このことを伝えれば、ルナさんも少しは安心してくれるだろう。

ん？　だがこれは……

俺は月の雫商会とは違う場所で、異変が起きていることに気づいた。

「ルナさん、怪しい影を四つ見つけた」

「えぇ！　本当ですか！」

「静かにして……このまま座っていてくれないか」

「わ、わかりました」

まさかこんなことをするなんて。ルナさんのことばかり考えていて、注意が足りなかったな。

俺はゆっくりと立ち上がり、気配を消しながら部屋の外へ向かう。

そして勢いよくドアを開けると、四人の大人達が部屋の中に雪崩《なだ》れ込んできた。

「母さん、おばあちゃん、おじいちゃん。いったい何をしているのかな？」

「えっ？　お母さんまで⁉」

そう。俺が視た怪しい影は母さん達だった。どうやら俺とルナさんの様子を覗いていたらしい。

「お母さん……何をしてるの」

ルナさんは怒りに震え、低い声でシーラさんを威圧する。

「それは、ほら……娘が大人になるところを見守る的な？」

「的な？　じゃないでしょ！　よそのお家に来てまで恥ずかしいことをしないで！」

どんな時でも娘をからかうなんて、本当にシーラさんはお茶目な人だ。

だがやっていい時と悪い時がある。

さて、俺も身内を問い詰めないと。

「母さん達も何やってるんだよ。しかもおじいちゃんまで」

「ち、違う！　わしはばあさんとメリスに誘われて仕方なく……」

「えっ？　お父さんもけっこうノリノリだったよね」

「そ、それは……ふん！　わしはもう寝るぞ！」

「あらあらおじいさんったら照れちゃって。それじゃあ私達は寝るね。おやすみなさい」

おばあちゃんはおじいちゃんを連れて、さりげなくこの場を離脱していく。

おばあちゃんも問い詰めたかったけど、うまく逃げられたな。

こうなったら残った二人に聞くしかない。

「それで？　なんで母さん達はこんなことしたの？」

「リックちゃんが大人になるところを見守る的な？」

シーラさんと同じ答えが返ってきたよ。両方の親がいるのに手を出すわけないでしょ。

「とりあえずそれはもういいから」

「えへへ」

「えへへじゃないよ」

笑って誤魔化《ごまか》そうとしてもダメだぞ……可愛いけど。

本当は叱りたいところだけど夜も遅いし、既におばあちゃんとおじいちゃんはいないので、明日また問い詰めることにするか。

「そういえば布団が一組足りないから、もらってもいいかな？」

今俺の部屋には布団が一台しかない。このままだと寝る場所が一つ足りないことになる。

「ないわよ。こんなこともあろうかと、リックちゃんのベッドは二人で寝られるように、大きめのものになってるはずよ」

「こんなことってどんなことだよ！」

母さんは何を考えているんだ。

もし本当に布団がないなら、俺は今日ルナさんと同じベッドに……

「ほら、もう遅いから早く寝なさい」

「いや、ちょっとまって」

そう言うと母さんはルナさんに叱られていたシーラさんの手を取り、部屋から出ていってしまう。

そして部屋に残されたのは俺とルナさんの二人だけになった。

どうしろって言うんだよ。

こうなったら俺は床で寝るか。

でもルナさんのことだから「リックさんが床で寝るなら私も床で寝ます」って言うよな。

それなら覚悟を決めて同じベッドで寝るしかない。

「とりあえず居間で寝巻きに着替えてくるから、ルナさんも着替えて」

「……わかりました」

俺は逃げるように部屋から出ていく。

そして居間で素早く着替え、自室の前まで戻ってきた。

今、このドアの向こうでルナさんが着替えていると思うと、なんだか変な気分になるな。

「ルナさん、もう入っても大丈夫？」

「ダ、ダメです！　いえ、大丈夫です」

ダメ？　いや大丈夫なのか？　とりあえずルナさんの許可を得たので、俺はドアを開けて部屋の中に入る。すると、薄いピンクで少しエッチィ寝巻き、いや、ワンピースタイプのネグリジェを着たルナさんの姿が目に入った。

ルナさんはなんてものを着ているんだ！

胸元がけっこう開いていて、ネグリジェの丈が膝上十五センチくらいしかないぞ。

これはベッドで横になった時、足側からは下着が見えてしまうんじゃ……

「こ、これはママが！　私はちゃんとパジャマを入れたのに……」

どうやらシーラさんが、ルナさんの寝巻きをすり替えたようだ。ルナさんには悪いが、このようなセクシーな姿を見られたのはちょっと嬉しい。俺は心の中でシーラさんにありがとうとお礼を言う。

それにネグリジェも素晴らしいが、顔を真っ赤にして恥ずかしがっているルナさんの表情が、また最高だ。

俺はそんなルナさんから目を離せずにいる。

「そ、そんなにジッと見ないでください」

「ご、ごめん！」

くっ！　可愛いな。だがルナさんは俺を信じて、同じ部屋で寝ることを了承してくれたんだ。

その気持ちを裏切るわけにはいかない。

「そ、それじゃあ寝ようか。一緒のベッドでいいかな？」

「は、はい……」

そして俺とルナさんはベッドに入り、互いに背を向ける。

さすがに今のルナさんの顔をずっと見ていたら、欲望が爆発してしまうかもしれない。これは必要な措置だ。

「おやすみ」

「おやすみなさい」

後は目を閉じて寝るだけ……背中を意識してはいけない。大丈夫。ＭＰはほぼ０だし、疲れているからすぐに寝ることができるだろう。

そしてベッドに入って十分、二十分と時間が過ぎていく。しかし眠気は一向に訪れてくれない。

こうなったら創聖魔法で眠る魔法を作製するか？　いや、麻痺耐性スキルを創ってからまだ二十四時間経っていないから、それは不可能だ。それにＭＰがない。

この地獄の時間は、理性で耐えるしかないのだ。

だけどこの時、俺に試練が訪れた。

背中が突然熱を帯びる。

えっ？　ルナさんの手？　何故俺の背中に？

しかも熱を感じる場所が広がっていないか？

背中、脇、胸、足……これは抱きしめられているというやつですな。

さすがに俺でもわかる。これはもう完全に誘われているぞ。

誘ってくれているのに乗らなかったら、ルナさんに恥をかかせることになってしまう。

俺は覚悟を決めてルナさんに問いかける。

「ル、ルナさん？」

しかし返事はない。まるで寝ているようだ……寝ている！

耳を澄ますと、確かにルナさんの寝息が聞こえる……ということは、ルナさんはもう夢の中で、
俺は抱き枕というやつですか。

さすがに寝ている人を襲うなんてことはできない。

いや、ちょっと待て！　これってもっと最悪な状況じゃないか！　俺はルナさんの温もりを感じながら、我慢して寝なきゃいけないの！

しかも背中にルナさんの柔らかい胸が押しつけられているし！

どうやらこれは長くつらい戦いになりそうだ。

こうして俺はルナさんの鼓動を感じながら寝ようとしたが、当然眠れず、結局夢の中に突入したのは夜がかなり更けてからであった。

ルナさんと一夜を共にした翌日の朝。

うぅ……なんだ？　苦しい……苦しいけど気持ちいい。

俺は相反する感触に驚いたが、まだ眠くて起きたくない。

昨日はルナさんの誘惑によって、中々寝ることができなかったんだ。

えっ？　けどおかしいぞ。昨日就寝する前は、背中に温もりをたくさん感じていたのに、今は顔とか身体の前面が温かい。

仕方ない。息もうまく吸えないし、この異常事態に対処するには起きるしかないのか。

重い瞼《まぶた》を開けると……

俺はルナさんの胸に顔を埋めていた！　しかもがっちりとホールドされているじゃないか！

あれ？　けど俺はルナさんに背を向けて寝たよな？　いつの間にこっちに回り込んで来たんだ！

そういえばシーラさんが、ルナさんの寝相が悪いと言っていたけど、まさかこのことか。

それにしても……世の中にはこんなに気持ちいいものがあるとはな。ルナさんの胸は柔らかくてぷにぷにだ。だが今はそれぞれの親が家にいるし、誤解されないためにも、なんとかこの場を脱出した方がいいな。

後ろ髪引かれる思いだが、俺はルナさんを起こさないように、そっとベッドから抜け出す。

とりあえずこれであらぬ誤解をかけられることは……はっ！

寝惚けていてすぐに気づかなかったが、部屋の入口付近に気配を感じてそっと見る。

そこにはドアの隙間からこちらを覗く、シーラさんの姿があった。

「昨夜はお楽しみでしたね」

そしてシーラさんは定番のセリフを口にする。

「ち、違いますから！　俺は何もしていません！」

昨日だって背中に胸を押しつけられながらも耐えたんだ。そんな自分を褒めてあげたい。

「今の娘の惨状を見て信じられるとも？」

娘の惨状？　どういうことだ？　確かに同じベッドで寝て、俺はルナさんに抱きしめられていた。

状況は限りなく黒に近いが、あえて言おう。

それでも俺はやっていない！

「目を逸らさないで！　ちゃんと自分の目で現実を見てちょうだい」

シーラさんの指差す方を見ると、そこにはあられもないルナさんの姿があった。

ワンピースタイプのネグリジェのスカートは、胸の下近くまでめくり上げられて、純白の下着は丸見え。そしてその下着は半分脱げかけているため、もう少しでルナさんの大事なところが見えてしまいそうだ。

「こ、これはその……僕がやったわけじゃなくてですね……」

もちろん俺はやっていない。だけど寝ている時に無意識にやった可能性もあり、思わず敬語で言いわけをしてしまう。

「これはもう責任を取ってもらうしかないわね」

「せ、責任！」

「娘のハレンチな姿を見られたら、もう他にお嫁に出すことはできないわ」

えっ？　でもこれは俺が意図してやったわけじゃないし、それで責任を取れと言われても……だけどルナさんのあられもない姿を見たのは事実だ。

突然の出来事に頭が混乱し、シーラさんになんて答えればいいかと悩んでいると、ベッドから声があがった。

「う～ん……あれ？　ママ……おはよう……」

どうやらルナさんの目が覚めたみたいだ。

だけど、まだ目が虚《うつ》ろで、意識がハッキリしていないように見えた。

「ルナ……リックくんもいるのよ。身だしなみを整えた方がいいんじゃない？」

「えっ？」

ルナさんはゆっくりとこちらに顔を向けると、俺と目が合い、動きを止める。

「きゃあぁぁぁっ！」

そして甲高い声と共に、慌てて乱れた下着とネグリジェを直す。

「なな、なんでリックさんがここに！」

「昨日一緒のベッドで寝たのを覚えてないの？」

「そ、それは……覚えています」

「安心しなさい。リックくんは紳士的に対応してくれたから、気づかないうちに大人になってました……なんてことにはなっていないわ」

「お、お母さん何を言ってるの！」

あれ？　さっきは俺に責任を取れとか言っていたのに。

どうやら俺もシーラさんにからかわれていたようだ。

「今の声は何？　やっぱりリックくんは行き場のない欲望をルナちゃんに向けたの？」

「やはりわしの判断は正しかったようじゃな」

「この年でおばあちゃんになるの？　それも悪くないわ」

ルナさんが大きな声をあげたからか、この家の住人達が続々とこの部屋に集まり始めた。

「いや、違うから」

しかもおばあちゃんはやっぱりって。俺がルナさんを襲うと思っていたのか！　会ったばかりだけど孫のことを信じてくれよう。

とにかく俺の血縁者達は勘違いしているので、誤解を解かないと。

こうして俺は朝から眠い中、母さん達に身の潔白《けっぱく》を証明するために労力を費やすことになってしまった。

# 終章　一件落着？

太陽が空の頂点を過ぎた頃、昨日の事件のことで改めて話を聞きたいと衛兵から呼び出しがあった。

選挙の不正、月の雫商会襲撃についてノイズは黙秘、ウェールズは「私はやっていない！　私は嵌《は》められただけだ！」と罪を認めないらしい。そして衛兵内でもネルドを筆頭に、誰がウェールズ派となって不正に手を貸していたのかの取り調べが始まっている。

この件の全てが明らかになるには時間がかかるだろう。

だが、思わぬところから密告があり、事件は早期解決することになったらしい。

ナバルが選挙の不正の証拠を持って、自白したのである。何故今になってナバルが事件の全容を話したかというと、それは母さんが関係していた。

どうやら母さんは、衛兵の待機所に捕らえられたナバルと面会をしたようだ。そして母さんの説得により、罪を認めたらしい。ナバルは母さんに再会して、立派な衛兵になりたいと語っていた自分を思い出したと言っていたそうだ。

確かに今になって考えてみると、選挙当日のナバルが何かをした形跡はなかったし、不正が発覚した時も、抵抗する素振りは見せなかったな。

こうしてウェールズ、ノイズ、ネルド、そして一部の衛兵達は逮捕されることとなり、事件は無事解決した。

しかしこの後、グランドダイン帝国からズーリエに来た一人の人物によって、新たな騒動に巻き込まれる羽目になることを、俺はまだ知らない。

# 巻末付録問題集！

## 第1問

**リックが創聖魔法を手に入れてまず作製したもので正しいのは、次のうちどれか。**

❶ かけた相手がむっつりすけべになる魔法
❷ 麻痺毒を無効化する麻痺耐性スキル
❸ 暗闇でも見渡せるようになる暗視スキル
❹ 一瞬で遠いところに移動する転移魔法

かけた相手がむっつりすけべになる魔法は存在しないが、似たような状態を引き起こす魔法薬は存在するらしい。

答え：③

## 第2問

**力154、力強化スキルCの冒険者Xと、力202、力強化スキルEの冒険者Yが腕相撲をした場合、勝つのはどちらか。**

※強化補正値
E=10%
D=30%
C=50%
B=75%
A=100%
S=200%

一般的なスキルとしては、力強化、魔力強化などのステータス強化スキルが挙げられる。中にはハインツのように固有のスキルを持つ人間もいるようだ。なお、リックが創聖魔法で作製したスキルは全てオリジナルのもので、同種のスキルを持つ者はいない。

答え：X

## 第3問

**勇者パーティーに任命されると、冒険者ランクは何ランクになるか。**

現在エールドラドには複数の
勇者パーティーが存在するが、
グランドダイン帝国の勇者パーティーは
ハインツのパーティー
ただ一つのみである。

答え：S

## 第4問

**白抜きになっている都市の名称を答えよ。**

答え：エリーズ

The Record by an Old Guy in the World of Virtual Reality Massively Multiplayer Online
とあるおっさんのVRMMO活動記
1~27
椎名ほわほわ
Shiina Howahowa
アルファポリス
第6回
ファンタジー
小説大賞
読者賞受賞作!!
累計150万部突破の大人気作
(電子含む)
ついに
TVアニメ化
決定!!!
コミックス
1~10巻
好評発売中!
超自由度を誇る新型VRMMO「ワンモア・フリーライフ・オンライン」の世界にログインした、フツーのゲーム好き会社員・田《た》中《なか》大《だい》地《ち》。モンスター退治に全力で挑むもよし、気ままに冒険するもよしのその世界で彼が選んだのは、使えないと評判のスキルを究める地味プレイだった!
――冴えないおっさん、VRMMOファンタジーで今日も我が道を行く!
現実じゃ冴えない会社員でもVRMMOの中では
名うてのスキル職人!?
ネットで人気爆発!
1~27巻 好評発売中!
現実じゃ冴えないおっさんが
料理生産から冒険まで
VRMMOで大活躍!!
シリーズ累計18万部!!
漫　画：六堂秀哉　B6判
各定価：748円(10%税込
アルファポリスHPにて大好評連載中!
アルファポリス 漫画
検索
各定価：1320円(10%税込)　illustration：ヤマーダ

アンデッドに転生したので日陰から異世界を攻略します
Fukami Sei
深海 生
不死者だけど楽しい異世界ライフを送っていいですか？
社畜サラリーマン、転生したらゾンビになっちゃった!?
過労死からの不死議な冒険!?
社畜サラリーマン・影山人志（ジン）。過労が祟って倒れてしまった彼は、謎の声【チュートリアル】の導きに従って、異世界に転生する。目覚めると、そこは棺の中。なんと彼は、ゾンビに生まれ変わっていたのだ！　魔物の身では人間に敵視されてしまう。そう考えたジンは、（日が当たらない）理想の生活の場を求め、深き樹海へと旅立つ。だが、そこには恐るべき不死者の軍団が待ち受けていた！
◎各定価：1320円（10%税込）　◎ISBN 978-4-434-31741-5　◎illustration：木々 ゆうき
日陰限定ですが、異世界で好きに生きます！
アルファポリス

この作品に対する皆様のご意見・ご感想をお待ちしております。

おハガキ・お手紙は以下の宛先にお送りください。

【宛先】

〒150-6008 東京都渋谷区恵比寿 4-20-3 恵比寿ｶﾞｰﾃﾞﾝﾌﾟﾚｲｽﾀﾜｰ 8F
（株）アルファポリス　書籍感想係

メールフォームでのご意見・ご感想は右のＱＲコードから、
あるいは以下のワードで検索をかけてください。

アルファポリス　書籍の感想　検索

ご感想はこちらから

本書は Web サイト「アルファポリス」（https://www.alphapolis.co.jp/）に投稿されたものを、改題・改稿のうえ、書籍化したものです。

狙《ねら》って追放《ついほう》された創聖《そうせい》魔《ま》法使《ほうつか》いは異世界《いせかい》を謳歌《おうか》する

マーラッシュ

2023年 4月 30日初版発行

編集－藤長ゆきの・和多萌子・宮坂剛
編集長－太田鉄平
発行者－梶本雄介
発行所－株式会社アルファポリス
〒150-6008 東京都渋谷区恵比寿4-20-3 恵比寿ｶﾞｰﾃﾞﾝﾌﾟﾚｲｽﾀﾜｰ8F
TEL 03-6277-1601（営業）　03-6277-1602（編集）
URL https://www.alphapolis.co.jp/
発売元－株式会社星雲社（共同出版社・流通責任出版社）
〒112-0005 東京都文京区水道1-3-30
TEL 03-3868-3275
装丁・本文イラスト－匈歌ハトリ
装丁デザイン－AFTERGLOW
印刷－中央精版印刷株式会社

価格はカバーに表示されてあります。

落丁乱丁の場合はアルファポリスまでご連絡ください。

送料は小社負担でお取り替えします。


ISBN978-4-434-31745-3 C0093